As Conchas Não Falam

As Conchas Não Falam

Taylane Cruz

Rio de Janeiro, 2024

Copyright © 2024 por Taylane Cruz.
Todos os direitos desta publicação são reservados à Casa dos Livros Editora LTDA.
Nenhuma parte desta obra pode ser apropriada e estocada em sistema de banco
de dados ou processo similar, em qualquer forma ou meio, seja eletrônico,
de fotocópia, gravação etc., sem a permissão dos detentores do copyright.

Publisher: Samuel Coto
Editora-executiva: Alice Mello
Editora: Paula Carvalho
Assistentes editoriais: Camila Gonçalves e Lui Navarro
Estagiária editorial: Lívia Senatori
Copidesque: Fernanda Silva e Sousa
Revisão: Suelen Lopes e Mariana Gomes
Projeto gráfico de capa: Dracoimagem
Projeto gráfico de miolo e diagramação: Juliana Ida
Ilustrações: Mayara Smith
Foto da autora: Pritty Reis

Citação epígrafe: Cf. LORDE, Audre. "Cicatriz". *Entre nós mesmas: poemas reunidos*. Trad. Tatiana Nascimento. Rio de Janeiro: Bazar do Tempo, 2020.

Dados Internacionais de Catalogação na Publicação (CIP)
Angélica Ilacqua CRB-8/7057

C965c
Cruz, Taylane
As conchas não falam / Taylane Cruz ; ilustrações de Mayara Smith. – Rio de Janeiro: HarperCollins, 2024.
160 p.

ISBN 978-65-6005-022-8

1. Contos brasileiros I. Título II. Smith, Mayara

23-2064

CDD B869.3
CDU 82-3(81)

Os pontos de vista desta obra são de responsabilidade de seu autor, não refletindo necessariamente a posição da HarperCollins Brasil, da HarperCollins Publishers ou de sua equipe editorial.

Rua da Quitanda, 86, sala 601A – Centro
Rio de Janeiro, RJ – CEP 20091-005
Tel.: (21) 3175-1030
www.harpercollins.com.br

Esse é um poema simples
Para as mães irmãs filhas
garotas que eu nunca fui.
(...) Essas pedras em meu
coração são vocês
carne da minha carne.

AUDRE LORDE

Para minha mãe

Quando levaram o tio

A NOITE ENTRAVA PELA PORTA DA SALA QUANDO LEVARAM o tio. Dias antes ele havia me dito que na sombra da noite acontecem coisas e que somos como a noite com seus fantasmas e seu frio. O tio gostava de me pegar no colo, de me levar para o campinho de futebol, de me ensinar a fazer gols. Era ele quem me levava para pescar, quem me deixava montar em seu cavalo, quem me deixava esporear "êa!", com ele eu galopava até o outro lado do arco-íris, até o outro lado do mundo e de mim. Por isso, quase não pude acreditar na cena que vi: ele sendo levado amarrado como um bicho, os olhos escapando do rosto. Parecia outra pessoa. Mamãe me segurava, sabia que, se me largasse, eu seria capaz de ir com ele. É que eu amava o tio, não sabia das coisas que uma pessoa é capaz de fazer e por isso eu amava o tio. Todos gritavam "esse demônio, ele não tem coração". Aquilo me confundia porque eu só sabia amar entregando meu coração, eu só sabia amar acreditando naquele amor como coisa preciosa que se segura na mão. Eu puxava a barra da saia de mamãe, gritava com ela, batia nela:

"Mas se até cachorro tem coração, até as lagartixas têm coração, até uma pedra é bem capaz de ter coração, por que o tio não?"

Na frente da casa logo juntou gente, o disse me disse pipocando de boca em boca como uma moléstia que passa de um para o outro rapidamente. As palavras que aquele povo cuspia me envenenavam e me matavam aos poucos, eu sentia. Queria saber: por que levaram o tio? Perguntava, gritava, esperneava, mas eu parecia invisível, adulto nenhum me via. O que o tio fez de tão grave? Pegava no ar algumas palavras que aquele povo deixava escapar, tentava fazer alguma coisa com elas. Mas as vozes se repetiam numa velocidade absurda, estourando umas nas outras: tio, mãe, tio, choro, pancada, tio, bolha de sabão, tio brincando com a gente, mãe, tio, eu mais a Deolinda, Deolinda gritando, Deolinda com dor. Tentava pinçar uma ou outra sílaba, embaralhava-as de modo a formarem palavras novas, inofensivas, puras. Mas por mais que tentasse extrair doçura das palavras, sentia como se cada letra fosse uma coisa pontuda se enfiando em mim contra minha vontade e, meu Deus!, como aquilo doía.

Puxava a barra da saia da minha mãe, que sequer me olhava, o rosto empapado de choro, melado de choro, o rosto dela quase derretido, desfeito de tanto choro. Nunca vi saírem tantas águas de uma pessoa. Duas vizinhas precisaram carregá-la para dentro. Na cama, agarrou-se à Deolinda como se quisesse guardá-la dentro de si outra vez, como se Deolinda fosse agora sua única filha. Queria guardá-la como uma semente que, protegida, dorme na casca. Deolinda, toda miúda encolhida sob os braços de nossa mãe, parecia um passarinho em seu ninho. Não. Um passarinho ainda no ovo. Eu, do vestíbulo do quarto, olhava as duas. Queria gritar novamente para que alguém me dissesse por que levaram o tio. Por que Deolinda parecia uma ferida aberta no colo de nossa mãe?

Fui para o quintal. Havia o barulho dos grilos e uma lua tão bonita no céu, dessas luas que fazem a gente sonhar. E umas estrelinhas distantes, piscando tão fraquinhas. Na minha cabeça só tinha um pensamento: *por que levaram o tio? O que ele fez?* Ali, sozinha, sentada no batente da porta, eu cutucava um morrinho de areia com um graveto. Cutuquei tanto que cheguei dentro de mim. Estava vazio e escuro lá, não tinha ninguém para me explicar por que levaram o tio. Tive medo de caminhar, não fui muito longe, parei na beira de mim. Ali eu via o precipício, meu pezinho dentro da sandália de tiras roxinhas. Conversei comigo mesma, falei que até um cachorro tem coração, que até uma pedra é bem capaz de ter coração. Mas naquele momento o precipício dentro de mim respondeu "não, não, não". Uma última estrelinha piscou e morreu no céu quando corri para a rua, o povo todo me olhando. *O que aconteceu com o tio?*

Com Deolinda? Por que mesmo sem saber aquilo tudo me doía? De novo eu quis gritar, era só gritar o que eu queria. Queria acordar todo o mundo, até o sono dos bichos, das flores, das pedras, até o sono dos mortos eu queria fazer acordar. Mas o grito se embolou na minha garganta e, antes mesmo de eu dizer qualquer coisa, um passarinho papocou no ar da noite. Corri, corri, as vizinhas tentando me alcançar. Corri até sempre, até o fim de mim. Até cair. Porque ficou pesado demais ter um coração.

A bicicleta amarela

TIA NEUSINHA, UMA VEZ A SENHORA FALOU NA AULA de catecismo que perdoar é o único gesto que não maltrata. Eu era tão pequena, mas a beleza das suas palavras encontrou pouso no remanso do meu coração. Escrevo estas primeiras linhas e parece que espeto com a ponta do lápis uma superfície que se abre como se esta ponta fosse a de um bisturi. Com o bisturi retalho a película de um corpo, e neste corpo estão a senhora e todas nós, muito meninas, sapecas, dentes faltando, pulseirinhas coloridas, anéis de acrílico, chiclé, bicicletas, calcinhas secretamente amareladas no fundo. A senhora tentava desesperadamente nos convencer do amor de Deus, lembra? Foi com este Deus que acordei essa manhã e, por isso, te escrevo. Acordei assustada, desassossegada, como se Ele, com sua boca grande e cheia de dentes, me tivesse mordido o pescoço. Sempre fui medrosa, a senhora lembra? Fechava os olhos quando entrávamos na igreja, pois, para nós, menininhas, eram assombrosas aquelas imagens, aquele Cristo mutilado, exposto quase nu, aquelas santas chorando, os anjos de pedra. Quase desisti das aulas de catecismo, do coral, de tudo. Só continuei por causa dela, a nossa Lia. Escrever o nome dela é como cravar um espinho no papel. Perdoe-me, sei que ainda lhe dói este espinho e, se o envio junto com esta carta, é por amor. Sabe, tia Neusinha, às vezes, eu daria um dia da minha vida para poder ser aquela menina outra vez. Lembra como a gente caprichava nas encenações da Paixão de Cristo? A senhora agora deve estar dando risada lembrando da bagunça que foi aquela última vez, quando fui Jesus, pois o João quase desmaiou de medo ao saber que teria de ser pregado numa cruz. Foi ali que perdi parte do meu medo. Lembra como a Lia e eu logo disputamos o papel principal? Ela acabou cedendo, pois me amava demais, aceitou ser aquela que limparia meu sangue de groselha depois. Sabe, tia Neusinha, ter sido pregada naquela cruz de madeira, com uma falsa coroa de espinhos, foi como nascer outra vez. Ali, pregada, cheia de espinhos que furavam de mentirinha, fingindo imolação e com todos ao meu redor segurando os risinhos, era como se eu fosse uma flor desabrochando no topo do mundo. Era tão bom todo mundo junto no auditório da escola ensaiando e dando risada com o cordeiro do Senhor.

Éramos muito amigas eu e a Lia, a senhora sabia? Por isso, eu quero que a senhora me perdoe. Eu deveria ter contado antes, mas só hoje tenho coragem de desembrulhar um segredo que guardo dentro da menina que fui. Tive muito medo da senhora não entender, não perdoar. Se eu soubesse como seria, teria contado antes, juro. Quando a Lia me contou, perguntei: mas quando será? Ela não respondeu, ficou só me olhando com aqueles olhinhos de fruta que ela tinha. Sabe, tia Neusinha, quando ela me contou, achei que não, afinal, a Lia era cheia de histórias, lembra? A senhora lembra quando ela começou a fazer milagres? No início, eu acreditava desacreditando, mas, uma vez, diante de todas nós, ela provou seu poder. Foi no jardim da escola, nós todas em volta de um arbusto de plantinhas. Ela nos convocou imperiosamente, os olhos sempre voltados para o chão. Acocorada diante do arbusto, abriu as mãos e balançou-as como se fossem as asas de uma pequena ave. Em seguida, pousou-as sobre as plantinhas que, ao levíssimo toque, se fecharam como se adormecessem. Ficamos em êxtase com o milagre! Como ela conseguia fazer aquelas plantinhas fecharem os olhos? Como conseguiu colocá-las para dormir? Imploramos: "Ensina a gente a fazer milagre também, Lia!". Desde então, nós a seguíamos apostolares, ela era a nossa santinha, nosso anjo, a nossa milagreira. Saíamos pela rua e ela, com suas mãos mágicas, fazia acordar as borboletas, fazia os pássaros cantarem e dançarem em voos, mudava de tom a cor do céu, até galinhas botavam ovos pelo toque de suas mãos. Todas as tardes ficávamos no bequinho do outro lado da rua só para esperar a hora em que a Lia iria mudar o sol de lugar, acender as estrelas e fazer aparecer a lua. Mas, depois de um tempo, tudo isso parecia ir terminando. Ela disse que estava cansada de fazer milagres, que já não suportava ser assistente de Deus, que o mundo dava muito trabalho. Me chamou num canto e confessou: "Sabe, Tereza, estou ficando doente, está me deixando doente vigiar e cuidar do mundo". Foi nesse mesmo dia que ela me contou, desabafou comigo. Ela sabia que, um dia, iria desaparecer. Achei bobagem, falei pra ela: "Mas você é a nossa santinha, Lia, o nosso anjo". Ela não disse nada, fez um carinho no meu rosto como se tivesse pena de mim, como se fosse minha mãe. Tinha uma janelinha na boca e sorriu. Passei muitas noites tendo pesadelos, eu não conseguia entender. Até que aconteceu. A gente andando de bicicleta, a Lia na frente, abrindo caminho, as meninas e eu atrás, a bicicleta dela entrando num terreno baldio que ficava atrás do terreno, um morrinho, quase desfiladeiro. A bicicleta foi ficando longe, muito longe e foi sumindo. Aceleramos, mas nenhuma de nós teve coragem de olhar, era alto demais o abismo daquele lugar. Aquele dia foi como um pesadelo. Uma vez voltamos lá, aquela cruzinha com fitinhas e com o nome Lia gravado parecia até que estava espetada na gente. Não sai de mim a imagem da senhora gritando "onde está minha filha, onde está minha filha?". Parecia que o coração da senhora estava todo para fora. Eu deveria ter contado antes, tia Neusinha. Antes de tudo aquilo acontecer, ela me entregou seu último dente de leite. Era uma coisa nossa trocar presentes. Guardei o dentinho como um tesouro no meu cofrinho e hoje, tantos anos depois, quebrei o cofre para devolver o dente à senhora. Espero que seja bom ter um pedacinho dela de volta. Sinto muito, tia Neusinha, sei que deve doer todos os dias. Mas peço que perdoe por eu não ter contado antes. Precisei desfiar alguns anos para te escrever. Desde que a Lia desapareceu, passei muitas noites sem dormir, acordando assustada. Até que uma madrugada levantei e, da janela, fui conferir o mundo que, diante de mim, ainda existia. Eu também faço milagres, mas ninguém nunca soube, nunca contei. Só a Lia sabia, pois, bem antes de sumir, viu um dia em que, ao toque das minhas mãos, o mundo rachou ao meio. Estávamos sozinhas, andando de bicicleta nos fundos do cemitério, a Lia queria muito ver os defuntos, velar por eles, prepará-los para sua chegada. Entramos. O cemitério era tão grande que os túmulos se multiplicavam como dominós enfileirados. Vimos muitas crisálidas abertas penduradas nos galhos das árvores, corpos de gafanhotos embalsamados sobre as lápides, borboletas mortas esvoaçando no chão como folhas secas. Era uma mistura de cemitério e jardim. Eu olhava tudo com medo e curiosidade, já a Lia parecia íntima dos mortos enterrados ali. Dava para sentir o cheiro das flores que haviam brotado por cima dos túmulos e, esparramadas por cima das lápides, pareciam umas cobras. As árvores, com seus olhos sobre todas as coisas, espiavam aquelas duas pequenas enxeridas que éramos. Vi então uma pequenina flor ao pé de uma árvore magrinha, que brotava miúda, tão miúda que dava pena só de olhar. *Deveria ser proibido coisas assim tão pequenas e frágeis no mundo*, pensei, *é muito arriscado deixá-las tão soltas*. Me aproximei da miúda flor que abria seu pequenino olho em direção ao sol. Quis colhê-la, mas recuei o gesto, a Lia não me deixou, disse que não se arranca nunca, jamais, uma flor. Com a mão, apenas toquei uma pétala, não quis provocar na flor mais do que um susto passageiro. O que eu não esperava eram as consequências daquele gesto inocente. Porque de repente acordei todas as coisas. Os túmulos começaram a tremer, o chão a rachar, as árvores precisaram se segurar nos galhos umas das outras para não caírem. Saí correndo, atravessando o portão, o coração como uma pedra enganchada na garganta. Foi a Lia quem me acalmou. Singela, apenas pousou sua mãozinha no meu ombro e falou: "Você precisa praticar". Levou-me então para um chão cheio de pedrinhas, e eu vi, só com a força do coração dela, uma pedrinha se mexer. Fiz muita força e também consegui: fiz uma pedrinha rolar. Desde aquele dia, guardei comigo este segredo, é muito perigoso esse poder.

Acho que por isso a Lia não aguentou, ela esbanjava, não tinha medo de usar, até que um dia a pobrezinha cansou. Tentou ainda uma última vez, fui com ela, eu era sua discípula mais fiel. Enquanto ela movia a direção do ar, uns meninos apareceram, ela pediu silêncio, que ficassem quietos, pois estava compondo uma música, seria uma bela canção a ser distribuída por muitas cidades. Eles atiraram pedras, tentei impedir, falei: "A Lia é um anjo, está afinando as cordas do ar". Eles não gostaram, atiraram mais pedras e fizeram um buraquinho na testa dela dizendo "anjo coisa nenhuma, mais parece um urubu". Era sempre assim, tantas vezes tentaram impedir os milagres que ela fazia. A senhora não sabia, mas a Lia sofria muito quando era machucada dessa maneira. Quando ela me contou que iria desaparecer, eu quis ajudar, falei pra ela que iria pedir socorro, a gente podia contar tudo pra senhora, que a senhora não deixaria nada de mau acontecer. Mas ela não aceitou minha ajuda, era tarde demais. Por isso, jurei não fazer milagres, sei como podem machucar. Hoje mesmo quase adoeci só porque, sem querer, fiz uma joaninha voar, a senhora percebe o risco? Fico quietinha para Deus não me convocar como fez com a Lia. Tia Neusinha, peço que me perdoe. Se escrevo esta carta é porque a palavra é um ato de amor. Perdoe se, com a ponta do meu lápis, furo você. Também dói em mim, testemunhar é um fardo, nos obriga a agir, e eu vi: de longe, vi quando a Lia mexeu o guidão oxidado e enfeitado com fitas coloridas. Não apertou o freio; só acelerou, jogando naquele abismo a bicicleta amarela como um corpo atirado dentro da boca de um mistério que ninguém jamais entenderá.

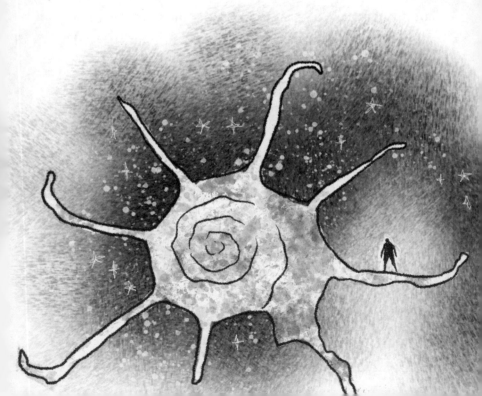

Feira de bonecas

ELA NUNCA TEVE UMA BONECA. NÃO SABE COMO É BRINcar de ser a mamãe de uma criatura de plástico ou pano, uma criatura que não respira, não sente, não tem alma, sequer anda com as próprias pernas. Ela não entende qual é a graça de paparicar uma coisa sem pulso, sem coração, que não reage à dor ou ao carinho. Não sabe como é brincar de ser mamãe de coisa alguma. Minto, até sabe um pouco. Guarda a lembrança de brincar com as cabras e as galinhas. Mas era uma criança bizarra, feinha, pernas fracas, vivia encantada. Era mesmo mais parecida com elas, as galinhas e as cabras. Brincava de ser elas e não de ser mãe delas. Nunca quis ter filhinhas galinhas ou cabrinhas. Às vezes, na falta da mãe, até brincava de ser a filhinha das cabras e das galinhas. Ficava querendo mamar nas tetas das cabras, enfiava o dedo no cu das galinhas para descobrir o caminho por onde saíam os ovinhos, quem sabe aprendia a sair de lá também e virava uma pintinha. Mas queria mesmo era ter a forma de uma galinha, de uma cabra. Porque era viciada em ser. Desde que nasceu, aprendeu: é preciso ser.

Mesmo assim nunca aprendeu a ser boneca. Nunca teve uma, nunca viu. A avó, lembro vagamente, fazia uns bichos com sabugo de milho, mas nunca usou a palavra boneca. Eram apenas seres encantados que fazia para a menina brincar. Por isso, quando a trouxeram para cá, ela ficou apavorada. Eles disseram: "Você é uma bonequinha, pense assim". Aprendeu a ser cabra, galinha, mas boneca, repito, nunca. "Vocês são bonequinhas", repetem para ela e para as outras dezenas de meninas. Aqui tem todo tipo de boneca. Há seções com plaquinhas indicando cor, tamanho e preço. Naquela barraquinha, ficam as mais danificadas, isto é, as bonecas usadas, como eles chamam. Aquelas que já passaram de mão em mão, já foram vendidas, revendidas, trocadas por outras mercadorias. Naquela outra barraca, ficam as mais baratas que, acredite, não são usadas, mas são as mais feinhas, as monstrinhas, como eles dizem. Colocaram-na lá porque, como ainda não sabe ser boneca, reagiu feito um bicho quando um comprador quis enfiar o dedo para testar se ela era boa, se funcionava bem. Nessa barraca aqui, essa grande, ficam as mais novas, as nunca usadas, as bonecas sem peitinhos e sem buraquinho, como eles dizem. São as mais valiosas; vem homem de todo canto, até da Espanha, só para levar uma dessas. Os homens daqui adoram as bonecas, são viciados. Põem elas no colo e as experimentam, pois querem ter certeza de que estão fazendo uma boa compra.

"Essa aqui tem perninhas flexíveis, olha como abre bem", disse um comprador que levou, em duas prestações, uma boneca loirinha que acabaram de trazer.

"Posso dar corda nessa aqui? Será que ela fala papai se eu pedir?", perguntou outro comprador, enquanto enfiava a boquinha dela dentro de suas calças.

"Ai, *muñequitas*!", gritava um estrangeiro, segurando gêmeas, "lindas ibejis", como ele falou, divertindo-se com uma em cada perna. Foi o sortudo do dia, levou duas pelo preço de uma, pagou à vista e em euro, que vale mais.

Ela, a nossa menina, quase foi vendida uma vez, mas o quase comprador desistiu. Disse que viu em seus olhos alguma coisa viva e não queria aquela coisa perto dele, não. Eles tentaram de tudo. Mudaram a cor dos cabelos dela, pintaram suas unhas, puseram-lhe sapatinhos vermelhos e lhe mostraram como ter bons modos. Até costuraram a boquinha com linha para ela ficar muda, sem gritar. Não adiantou, não aprendeu a ser boneca. Só sabe ser menina, cabra, galinha. Aprendeu com a vó. Morre de saudades dela e se pergunta: *será que ainda vive ou já se encantou?* Você viu, não disfarce, você estava lá quando arrancaram-na dos braços da velha avó, quando partiram o cordão de carne daquele amor. Lembra-se dela gritando nos braços daquele homem, como um fruto arrancado dos galhos vincados estendidos, os braços da avó?

Eles ficam repetindo que, se ela não servir para boneca, vão fazer coisa pior. Não sabem que ela planeja fugir. Aprendeu a ser quando menina, mas faz tempo que está longe, está enferrujada, precisa treinar suas transformações. Não é fácil. Com cabras e galinhas se dá bem, pois para ela é fácil chegar perto daquilo que tem vísceras, pulso, coração. Pensou que poderia virar cobra, uma linda cobra amarelo-dourada como uma que tinha visto, certa vez, nas águas rasas de um sonho. Foi difícil, a cobra não se deixou imitar, deu-lhe duas picadas na coxa para ela acordar, então desistiu. Mas dessa vez precisa de algo além, algo que eles não possam machucar ou matar. É difícil. Uma vez, quase conseguiu virar pedra, ficou rija, imóvel, fria. No entanto, foi insuportável não respirar. Mas é esperta, aprendeu com a avó. Basta descobrir um jeito de se transformar em alguma coisa capaz de escorrer como água que, sem ninguém perceber, cresce, translúcida, e engole tudo pelo chão. Ou alguma coisa mais perto do ar, alguma coisa sem textura ou cor, impossível de ser apreendida. Alguma coisa que seja sem precisar, formalmente, ser.

Menina

FOGO QUE TUDO ENGOLE, COME PEDAÇO POR PEDAÇO DAquilo que encontrar pelo caminho. A mim chamaram de louca, pois saí de casa com os olhos dispostos a arrancar cabeças, a roer ossos, todos me apontando na rua: "Lá vai ela outra vez arrumar confusão, só pensa em baixarias". Não bastasse a humilhação de me sentir como uma blusa velha, blusa cheia de furos que já se tem vergonha de vestir, ainda mais essa de ser apontada na rua como a velha louca, a mulher com cobras de fogo na boca, a mal-amada, a mais feia da rua. Ralho com todos, disparo palavrões e sigo reta, disposta para o combate. Ela me avista de longe, seus olhos procuram, quer correr, mas desta vez não me escapa. Seguro o choro que, na verdade, é o que de mim mais deseja sair, brotar. Quero chorar, desaguar, derramar. Mas represo minhas águas, me afogo nelas e deixo sair apenas uma outra versão de mim, uma mulher que às vezes desconheço, capaz de pôr fogo no mundo. É ela quem toma as rédeas, assume o lugar e vai ao combate. Dou o primeiro tapa, levo dois em seguida. Arranco muitos tufos de cabelo, xingo, xingo o quanto posso e o peso de cada palavra me rouba a força um pouquinho de cada vez. Mas não paro. Puxo os cabelos dela, dou-lhe uns bons chutes, dentadas. Ela é grande também, não é magrela como a outra, a anterior, de quem arranquei um dente num só golpe. Essa tem braços gordos como eu, boa de briga, cevada, ancas boas das estocadas que ele deve lhe dar. Estou cansada, não aguento mais morrer, porque sempre que vou atrás delas sei que vou mesmo é me matar. Quando penso que um dia realmente o amei, realmente fui capaz de deitar a cabeça em seu peito e gostar, gostar demais daquele homem grande respirando pertinho de mim, sinto que sou outra, fui outra. Já nem é por amor que vou ao combate; a verdade é que a razão eu já nem sei mais. Parece que me perdi por aí, fico rodando pela cidade tentando destruir uma a uma, mas acabo destruindo apenas a mim mesma. Essa, apesar de forte, combati. Dei-lhe uns bons sopapos, ela desistiu, saiu correndo e foi se esconder, a medrosa, covardona. *Terminou*, pensei, *eu venci*. Mas não, sempre há mais, elas dão em pencas, chovem do céu e se derramam aos pés dele como flores de jambo. Coloridas, cheirosas, basta ele escolher. *Então havia outra mais nova e fresca, flor recém-caída do pé?* Lá fui eu. Dessa vez, mais esperta, menos barulhenta, não podia afugentar minha presa, soube que era manhosa feito uma coelhinha. Fiquei de tocaia, esperaria primeiro ele sair, só depois a pegaria. Não com facas, que fazem estragos artificiais, cicatrizes que depois servem para enfeitar. Nem socos, que causam um tipo de pena que só o excita ainda mais. Fui mais engenhosa, daria algo de que ela realmente se lembrasse ao ser tocada por ele, ao ser lambida por ele. Fiquei de tocaia, querosene e vela acesa na mão. Ele saiu, o rosto reluzente, trazia um sol na cabeça, a pele num viço só. Essa eu nunca tinha visto, só sabia de ouvir falar. Era um disse me disse, as vizinhas me alertando: "Vai lá olhar, ele está de caso com uma bem bonitinha, dizem que é uma boneca". *Era alta, baixa, do tipo loira outra vez? Era a secretária, a caixa do supermercado, a moça da padaria?* Esperei atrás de uma moita, sob um sol de pedra que ameaçava despencar. Ela apareceu na porta; eu, cega de raiva, avancei. Ela saltou como uma lebre assustada, e já toda molhada de querosene, joguei a vela por cima, o fogo levou um segundo para se espalhar. Foi só então que a vi, a labareda dourada limpou meus olhos. Apressei-me para socorrê-la, tirei a roupa, tentei matar o fogo que a comia. Desmaiou a pobrezinha, magrinha como uma vela fina apagada. *Uma menina, meu Deus! Treze, catorze anos?* Uma boneca, parecia uma boneca de pano. Incinerada, eu a carreguei no colo em direção à casa de onde ele havia saído glorioso, ainda dava para ver as marcas dos dentes dele naquele pescocinho. Carreguei aquela menina, senti uma tontura; era o caminho à minha frente se adensando, um périplo. Andei sentindo o sol como um punhal a se cravar lento sobre mim. Dentro de casa, cobri seus peitinhos que estavam à mostra, a blusa com estampa de estrelinhas toda chamuscada, um céu em brasas. Como se ela fosse um filhotinho, lambi suas feridas com paninhos molhados. *Onde estava eu agora? Como voltar para mim depois do que fiz?* Escalei até a montanha do meu coração, mas eu já não estava lá. Petrificadas, ficamos ali juntas, como se aquela menina tivesse saído de dentro do meu corpo, cordão primevo, raiz mais profunda, nervo mais frágil, umbigo de mim.

V e G

QUANDO A VÓ PENHA NOS FLAGROU, EU JÁ ERA MULHER feita, mas ainda assim meu coração encolheu de um jeito a caber todinho numa menina de oito anos. Passei o dia trancada no banheiro, fingindo dor de barriga, a mãe estranhando, os meninos esmurrando a porta: "Vai ficar aí o dia inteiro?". Não teve jeito, precisei contar, estava me torturando aquele silêncio da vó Penha. *O que ela estava pensando? Iria contar para a minha mãe? Ia contar para o vô como sempre fazia?* Ela tinha mania de ir uma vez por semana ao túmulo dele desfiar os acontecimentos da família, era seu jeito de mantê-lo entre nós, anotava tudo em sua caderneta, a mesma que usava para anotar as contas da mercearia, e contava linha por linha ao vô, sob a chama de uma vela que sempre acendia na lápide. Ficavam lá, os dois, separados por sete palmos de terra, conversando e decidindo os rumos da nossa família, amém! Decidi então me adiantar. Como é difícil a gente chegar perto do silêncio de alguém. Não tive coragem de falar com ela, então chamei a mãe, meus irmãos, a tia Juju e o filho dela que, desde a pedrada que levou, ficou meio cego e passou a morar com a gente. Falo e os detalhes afloram, se abrem como pétalas ao sol da manhã. Era domingo, o Sagrado Coração de Jesus na parede, as janelas abertas com suas tramelas pintadas de azul, a mesinha de centro cheia de bibelôs, um cinzeiro de vidro e flores de plástico, a vó Penha sentada em sua cadeira de balanço, rosário e responsório na mão; a mãe desembaraçando os próprios cabelos, meus irmãos apertados no sofá, tia Juju e o filho esparramados no chão. *Essa é a minha gente*, pensei, olhando com medo o rosto de cada um. De mãos dadas com a Geni, contei tudo. A mãe arregalou os olhos e, dramática como uma Cleópatra, fincou no peito a ponta do cabo da escova que lhe picou como uma serpente. Mas depois veio cheia de mansidão, cheia de amor para dar. Falou que Geni agora era parte da família, que o amor é como pão, que o amor é para multiplicar. "Vem cá", ela disse, me pegando no colo e puxando também a Geni; não falou muito, pois nunca teve jeito com a fala; quando ia elaborar mais do que dez palavras numa frase, logo engasgava, começava a tossir, pigarrear. Foi para a cozinha, colocou mais água para o macarrão. Tia Juju ficou só repetindo "quero ver onde a gente vai dormir agora". Meus irmãos não disseram muita coisa, sabiam que lá em casa quem mandava era a mãe. Ficaram só de risadinhas pelos cantos, me perguntando:

"Como vocês fazem sem um homem?"

Geni e eu dormíamos no quartinho dos fundos, onde tia Juju dormia antes com Manecão. Ela e o filho ficaram com o beliche no quarto de mamãe. Na rua de baixo todo mundo comentava, mas só no início, porque mamãe era uma força viva. Arranjava briga com quem dissesse um ai. Uma vez, quase foi presa. A confusão foi lá no bar do seu Almerindo. Dona Cota, fazendo o sinal da cruz, disse: "Valha-me Deus, esta rua agora virou pousada de sapatão". Mamãe, que sempre teve a alma quente, uma alma melodramática, a cabeça entupida com os dramas das novelas que via na televisão, se abriu como se fosse uma cantora de ópera, gritou, estremeceu aquele bar, palco que serviu para ela brigar. Agarrou dona Cota pelos cabelos, foi a maior confusão:

"Sua fuleira!", mamãe gritava e batia na mulher.

Depois apenas me disse que faria de tudo para defender o meu amor. Quando ela disse a palavra amor, havia muito mais por trás da palavra, aquela palavra possuía mil véus, eu sabia. Foi quando entendi a sabedoria de mamãe, sua lida com as palavras: bastava uma para dizer. Com ela eu conseguia conversar, a gente bebia cerveja e eu lhe oferecia os meus sentimentos como aperitivos. Ela dava risada ao me ouvir, gostava da minha companhia, dizia que eu era eloquente demais e que um dia eu ia ser alguém nessa vida de cão. Meus irmãos, que também gostavam de uma cerveja, davam risada, mas só queriam saber como era a xota da Geni, o gosto que ela tinha. Imagine eu contar para alguém uma coisa assim!

Quando conheci Geni, ela ainda trabalhava na casa da dona Conceição. Estava noiva de um rapazote lá de São Paulo que queria levá-la para trabalhar em casa de madames. Não deixei. Geni sempre foi muito esperta, desde garotinha era muito boa com números, então isso de trabalhar em casa de madames não era destino para ela. Falei:

"Ô Geni, você precisa estudar."

Ela então pediu as contas, falou que queria viver comigo, estudar os números, trabalhar no banco da capital. Antes a gente se encontrava no cemitério, tudo muito escondido entre as margaridas e os túmulos; era bom demais eu com os dedos dentro dela, ela beijando o meu pescoço, dizendo que queria mais, que gostava demais. A gente ficava só gozando e rindo, rindo e gozando, coisa boa sempre foi o nosso amor. Aquele cheiro de flor, a gente lá no fundo, escondidinhas como os defuntos dentro de suas covas. Geni tinha um cheiro adocicado. Depois eu sempre arrancava uma margarida, colocava no cabelo dela. Foi numa dessas ocasiões que a vó Penha nos flagrou. Tinha ido ao cemitério conversar com o vô. Meu coração encolheu, vesti a calcinha e corri dela como fazia quando criança. Queria ficar escondida até minha criança passar. Mas depois de me ver com a Geni, a vó Penha não disse nada, ficou silenciosa. Aquele instante se cravou em mim: seus olhos pousando em nós, seu rosto tumular. Não tive coragem de trocar uma palavra com ela desde então, mesmo depois de contar tudo para minha mãe. A vó Penha passava os dias com suas agulhas, bordando seus paninhos. Morreu calada, ninguém percebeu. Apagou em sua cadeira de balanço. Não tive coragem de ir visitá-la no cemitério, não tinha coragem de falar com ela nem depois da morte. Até que a mãe me chamou no quarto da vó, abriu seu baú. Lá estavam seus bordados, tesouro que nos deixou. Entre eles, uma fronha onde havia bordado as iniciais *V e G*, de Violeta e Geni. Entre as letras bordou uma pombinha branca segurando um raminho verde. A fronha completava um conjunto de toalhas e lençóis com nossos nomes. Até hoje, Geni e eu dormimos sobre a fronha, e a pombinha branca ainda aflora, no tecido, o silêncio luminoso daquela avó.

A noite

É PRECISO ENTRAR COM CUIDADO, PISAR DEVAGAR. AQUI já foi uma terra santa, um paraíso. Eu mesma vi, estava aqui quando tudo aconteceu. Meus olhos rolaram pelo chão, se enfiaram na terra, se multiplicaram e viram tudo. Aqui foi uma terra santa, onde o amor, uma vez plantado, tudo fazia brotar. Era lindo ver como as abóboras inchavam, gordas, suculentas. As espigas de milho como ouro brotando no milharal. Galinhas botavam ovos e eram tantos que não dava tempo de comê-los e, por isso, eram chocados e os pintinhos nasciam e se multiplicavam como milhares de espigas de milho. As cabras saltitavam e berravam o dia inteiro, deixando um rastro de bostas pelo chão. Tinham olhos cremosos, olhos infantis tinham aquelas cabrinhas ainda miúdas, filhotes. A menina, miúda também, as perninhas moles, fracas, tentava imitar as cabras. Às vezes, de tanto imitá-las acabava acertando e ficava tão parecida que a avó, já um pouco cega, as confundia. Chamava-as e todas juntas, as cabras e a menina, vinham saltitando. A avó então dava-lhes tocos de cenoura, nacos de maçãs, brincava com elas pelo terreiro cheio de bosta. A velha avó adorava segurá-las no colo, dar mamadeira com leite morno para elas. Só então percebia, risonha com a descoberta: "É *você*, minha bichinha". A menina se agitava, adorava fingir, envultar-se. Aprendera isso desde o nascimento, desde o dia em que a avó, ao trazê-la ao mundo, ensinou: "É preciso aprender a ser". E foi sendo, crescendo, sendo menina com sua avó.

Na pequena casa com paredes frágeis, erguidas por taipas e estuque, o sol entrava pelas frestas, iluminando tudo por dentro. Uma fumaça dourada acendia o fogão a lenha com um bule descascado, uma tigela de barro com batatas, uma mesa, uma esteira de palha e uma cadeira. É preciso entrar com cuidado na casa, ali tudo foi santo, sagrado. Na parede da sala, a imagem da Virgem Maria se ilumina sobre a folhinha de papel, um calendário antigo. O ruído das taipas se ouve no profundo silêncio do lugar. Um ruído craquelado, som de um corpo que se quebra. A velha avó está sentada, a pele de seu rosto quase se confunde com o estuque, com o barro vincado das paredes. Olhando-a assim, ela e a casa se confundiam: um pedaço de barro que respira e chora, úmido por dentro, secando mais e mais a cada dia, por fora. Ali, tão quieta, quase dormindo, com seu rosário na mão, está sozinha, há anos vive assim. Tento chegar perto, mas sei que, quanto mais perto, mais fácil será para ela escapar. Por isso, apenas olho. Eu deveria saber, por isso é preciso ter cuidado ao pisar. Onde há magia, há também horror. *De onde aqueles homens haviam surgido?* Era noite. Tentei avisar às cabras, pedir socorro às galinhas. Mas era tarde. Eles já haviam entrado. Com suas botas mancharam tudo, esmagaram as avencas e as margaridas, quebraram os ovos, derrubaram a cerca. Ele, o mais aborrecido dos três, enfiou sua mão enorme dentro da casa, arrancou de lá a menina. Ela dormia na esteira com a velha avó. Abraçadas como duas meias-luas. Os braços da velha avó não conseguiram resistir, largaram a menina. O homem gritava.

"Larga ela, velha horrenda!"

O grito acordou a noite, os animais se agitaram, até os sapos, preguiçosos, decidiram ver o que acontecia. A velha avó urrava. *Quem eram aqueles homens? De onde haviam surgido?* Tantos anos morando sozinha naquele sítio, *que inferno era aquele agora que a tudo engolia?* Gritava, suplicava: *"Não leva minha bichinha, não!".* O mais aborrecido deles entregou a menina a um dos seus comparsas, a menina berrando, chorando, se debatendo como uma pequena cabra prestes a ir para o abate, chamando *"vozinha, vozinha"*. A velha avó tentou, mas seu corpo de barro e taipas antigas não aguentou quando o mais aborrecido dos homens deu-lhe um chute, fazendo-a cair sobre a esteira de palha onde, de tanto medo, se envultou.

Na porta da casa, os animais tentaram impedir a partida dos homens com a menininha. Em vão. Ligaram o velho carro, colocaram a menininha no porta-malas e foram embora. A velha avó, saindo das palhas da esteira, recuperando a forma de suas pernas e braços, vestindo novamente sua pele vincada, tentava se recompor; ajeitou o lenço sobre os ralos cabelos, abotoou o casaquinho sobre o peito frio e, com as mãos sobre a cabeça, suplicava ao vento, às árvores, aos bichos, às pedras: "Minha bichinha, roubaram minha bichinha!". Cambaleou até a porta. Com os olhos sujos, manchados de dor, entrava em um buraco profundo, em uma fossa. O silêncio engoliu tudo. No escuro, a velha avó viu apenas uma réstia de luz sumindo no cano comprido daquela noite sombria, sem socorro, sem ninguém, sem Deus, sem estrelas, sem amor, sem lua.

Cabra-cega

COMEÇOU COMO UMA BRINCADEIRA, NÃO ERA PRA ninguém se machucar, não. A gente tava brincando de girar – ela adora quando a gente brinca de girar. A gente colocou uma venda nela, contou até dez, fez ela girar, girar, girar. Ela parecia um pião, parecia um planeta a rodar e rodar. Parecia um anjo, Clarita parecia um anjo rodopiando. Depois todo mundo se escondeu, que a brincadeira é a gente se esconder pro outro achar. Depois eu não vi mais nada, só deu pra ouvir os meninos rindo. Felipe correu que parecia voar, e foi mesmo se esconder porque Clarita começou a gritar. Chamei as meninas, a gente foi lá olhar, a gente chamou a mãe dela. Por isso, tia, acho melhor a senhora ir lá.

Ele ainda não apareceu. Não sei em que buraco aquele filho duma puta se escondeu, mas é como se tivesse cavado em mim um poço e se atirado lá. Olho dentro do poço, grito por ele, mas ele não responde. Como olhar nos olhos de uma mãe depois de algo assim? Meu filho, meu filho, meu filho. Quero salvar ele, matar ele. Meu filho, meu filho, meu filho. Repito, e o enjoo é profundo, sou um poço querendo vomitar. Sou mãe como você, falei na tentativa de me redimir. Ela, com olhos de mãe mártir, segurava a menina no colo. Tão feridas as duas. Ela embalava a menina tentando proteger sua cria e, por isso, chorava, chorava desconsolada diante de mim. Prometi que ele iria ver só, assim que ele aparecer vai ver só, nunca mais ele vai tocar na filha de ninguém, nunca mais, ouviu? Vou tirar o coro dele, arrancar a pele dele com as minhas próprias mãos, vou bater na cara dele, espancar aquele filho duma puta com meu cinturão. Prometi, de mãos cruzadas, de joelhos, prometi. Prefiro um filho meu morto a ver ele repetir algo assim. Juro que mato ele, mato ele como se mata uma galinha, torço o pescoço dele assim. Eu mato ele, prometo pra você que eu espanco aquele filho duma puta. Mas ele não aparece, procuro, chamo por ele e ele não vem. Meu filho, meu filho, meu filho. Como uma barata zonza vou de um lado ao outro, abro e fecho as portas dos armários, olho debaixo da cama, olho no quintal. Onde esse menino se escondeu, em que covil de áspides está? Debaixo da minha saia, da minha asa, dos meus seios? Quero encontrar ele, abraçar ele, bater nele até ele sumir. Se eu matar meu filho, eu curo a ferida aberta no colo daquela mãe. Mas e essa ferida aberta em mim?

Não se repara a ferida no colo de outra mãe. Ela veio aqui, prometeu castigá-lo, chorou comigo. Mas no fundo sabe que cada uma chorou sozinha por si. Eu quis brigar com ela, descontar nela a raiva que seu filho despertou em mim. Quis matar aquela criança que via escondida atrás do seu rosto. Tire a máscara, deixe ele sair, eu lhe disse. Se eu pudesse, espancava aquele menino, quebrava as pernas dele, papocava com uma pedra a cabeça dele. Enquanto ela me olhava tão piedosa, enlaçando sua dor na minha, eu queria era enfiar naquele menino um espeto quente, atirá-lo nas brasas do meu ódio. Ali diante de mim, ela sozinha em seu abismo, em genuflexório, implorava meu perdão, implorava que eu a salvasse de seu próprio coração. Deixei-a sozinha, ela que morresse procurando por aquele filho, aquele menino que vi tantas vezes saltitar aqui na rua, aquele menino que tantas vezes me chamou de tia, que tantas vezes trouxe pães doces para mim, aquele menino que tantas vezes eu vi brincar com os passarinhos e que descia a ladeira com sua bicicleta gritando para o sol: "uuuuuêêêêpa". Eu falava, e nela a memória de um amor inabalável, de um amor incondicional, refulgia. Aquele menino está morto para mim, eu lhe disse, marcando-a com ferro quente ao lhe atirar na cara a calcinha de babadinhos que as meninas acharam e me entregaram depois de eu trazer minha Clarita para casa. Mas eu também sou mãe, ela disse, já chorosa, e como gado ferido, mugiu, trotou sem rumo, com desvairados olhos de dor, loucos olhos de amor.

* * *

A mãe está feito louca pela cidade com uma cinta na mão, disse que vai matar meu irmão. Vi uma sanha de bicho em seus olhos quando ela falou: "Vou matar aquele filho duma puta!". Ela está com muita raiva, mas no fundo o que sente é dor, como se lhe tivessem marcado o peito com ferro quente. Fico pensando na mãe de Clarita, na dor que ela também deve estar sentindo. Ajudei a criar Felipe, mas sei que não posso entender essa dor. Clarita vivia brincando aqui em casa, aqui na rua, a gente sempre gostou dela, sempre gostou de brincar com ela, de cuidar dela. Vimos Clarita crescer, sempre mirradinha, sempre precisando de tantas injeções, tantas fisioterapias, a boquinha mole balbuciando as palavras como porções de geleia. As crianças da rua adoram Clarita, gostam de brincar com ela, de fazê-la girar, chamam Clarita de anjo. As crianças da rua não a machucam, nunca deixam ninguém machucá-la. Elas cuidam de Clarita como se fosse uma bonequinha de louça, ajudam Clarita a atravessar a rua, compram sorvete pra ela, brincam de enfeitar seu cabelo, fazem carinho no rosto dela. Às vezes, estou na janela e pouso sobre essas crianças o meu olhar. *A ternura acorda todas as coisas*, penso. Por isso dói tanto o que meu irmão Felipe fez. Onde ele está? Uma vez, quando ele empurrou Clarita, avisei a nossa mãe: "Cuidado, mãe, olha os sinais!". Ela disfarçou. Não sabe então que a semente está sempre ali, esperando apenas uma gota de veneno para maturar? Felipe não apareceu o dia inteiro, sabe Deus em que buraco aquele menino está. E a mãe solta por aí com uma cinta na mão, desvairada como uma vaca brava de olhos loucos e um buraco aberto no peito de onde lhe extirparam, com ponta de ferro quente, o coração.

A filha

DURANTE MUITO TEMPO CONSEGUI AGUENTAR PORQUE A gente sempre acredita que é possível suportar um pouco mais. Mas não suportei. Choro porque sei: Catita vai sofrer. Justo ela, a quem entreguei minha vida. Urinei e caguei de tanta dor na hora do parto, mas sorri depois quando a entregaram para mim. Foi como receber no colo um fruto doce, capaz de apagar toda mágoa do meu coração. Foi em meu seio que sugou a primeira dose de vida, chupando ávida as primeiras horas como se me quisesse toda para ela. Os dias passam e eu não suporto a distância que já se anuncia entre nós, esse oceano de águas revoltas que me levará embora e não me trará de volta, como faz com as conchas e as estrelas-do-mar. Tenho agido normalmente, tentando dar a essa menina uma mãe. Dobro seu uniforme escolar, arrumo suas calcinhas na gaveta da cômoda, costuro os vestidos de suas bonecas e preparo suas refeições: macarrão com salsicha, purê de batatas e rodelas de tomate. Sobre a mesa pouso um copo, um prato e um talher. Finjo descaradamente, grito para fazê-la ocupar com destreza o lugar de filha, "Catita, vem fazer o dever! Catita, leva esse tênis daqui! Catita, onde você deixou seus lápis coloridos? Ô Catita, vem já aqui!". Disfarço usando uma máscara, impossível ela me ver, pois, se conseguir ver a mulher por detrás da máscara, verá apenas duas conchas roxas ao redor de olhos tristes, olhos de alguém que só gostaria de poder fazer as coisas outra vez, escolher outra vez, mudar a rota, trocar o caminho. Mas isso é bobagem, é como diz a canção de Cartola: o mundo é mesmo um moinho, destrói sem dó os nossos sonhos. Só me restou mesmo fingir, brincar de casinha enquanto não chegava o dia. Sei que vou cravar em Catita um espinho, ela que já conheceu a dor do amor. Uma vez, dei-lhe uma gatinha que, de repente, só porque quis, sumiu. Foram dias difíceis, eu tentando consolar Catita, ela se desmanchando a me perguntar "por que ela foi embora, mãe?" e me olhando humilhada como se a palavra "mãe" estivesse tatuada na minha testa e, por estar tatuada em minha testa, me obrigasse a ter sempre as respostas para os desajustes do mundo. Eu, tão fraca e medrosa, só queria dizer: "Eu quero minha mãe, Catita, quero voltar a ser apenas a filha de alguém". Foi por ter visto o sofrimento de Catita ao ser abandonada por aquela gatinha que me compadeço e me puno, já de agora, por ir. Meu coração franje por ela. Chega em casa tão animada, contando das frivolidades da escola, mostra o desenho que fez, prega o desenho na porta da geladeira, "no desenho sou eu e você", ela explica. Passo um café enquanto ela mete o nariz feito uma cadelinha em todas as latas do armário. Chamo por ela, ela vem abanando o rabinho, me ajuda com a louça, guarda as garrafas d'água na geladeira. "Ai, Catita! Vamos fazer uns biscoitinhos?" Ela se anima, acende em mim a sua luz. Nossos dias acontecem dentro de uma caixinha secreta, uma intimidade que compartilhamos desde quando a caixinha era eu e a guardava aqui dentro todinha pra mim. Só quando ele chega, vindo do quinto dos infernos ou de algum buraco maldito é que a nossa vida se desfaz. Durante esse tempo consigo disfarçar, sempre peço para Catita sair, ir ver o céu, ir lá fora brincar, contar estrelas. Ele grita, chuta, gosta muito de chutar para me mostrar seu poder, quebra meus pratinhos de louça, desmancha a casa que eu fiz. Às vezes enfrento, tento revidar, mas meu coração gela quando aquela mão enorme se arma sobre mim. Há muitas noites estou sem dormir, fazendo cálculos: água quente, fervendo, pelando por cima dele enquanto dorme, mas seria melodramático demais, acordaria Catita e a arrancaria de seus sonhos. Fatiá-lo talvez, como uma peça de carne, descamá-lo como um peixe, como os peixes que eu mesma habilmente descamo para o almoço. Noites perdidas numa caverna escura e fria, matar esse homem, enterrar essa família maldita que nos uniu. Então decidi. Catita não sabe, por isso dorme agora e sorri, tenho certeza de que sonha com anjos, comigo, com sua gatinha que há muito tempo a deixou. Ele não volta cedo, às quintas vai gastar a noite no Bar da Curva, deleitar-se com as putas. Melhor assim. Fiz uma pequena mala, vou levar apenas o essencial, não posso levar mais do que cabe em mim. Deixei o uniforme de Catita na beira da cama passadinho, engomado e com aquele cheirinho de lavanda como só eu sei fazer, a mochila dela prontinha com os lápis e cadernos. Vou abrir a porta de mansinho, silenciosa como a gata fugitiva. Quando Catita acordar, eu não terei passado de um susto, um sonho do qual ela vai acordar.

A mãe

QUANDO PENSO NELA, IRROMPE DA MINHA BARRIGA UM fio que vai tão longe, um fio tão comprido que sempre faz a volta ao mundo e se enlaça em mim. Fico andando de um lado para o outro, parece uma coisa querendo sair de mim. Lembro tão bem dos seus olhos, pretinhos como os meus. *Como pode um amor assim? Como pode a gente amar assim alguém?*, me pergunto sempre, dia sim e outro também. Lembro com luminescência dos detalhes daquele rosto, daquele corpo que atravessei rompendo ao meio a bacia, fazendo ranger seus ossos como se ele fosse uma fábrica de complexas engrenagens. Abri seu corpo com agonia, minha e dela, para eu passar. Lembro como ela era bonita. Tinha mãos compridas com unhas sempre pintadas, era alta como uma porta, os cabelos eram um grande chumaço negro. Todo mundo dizia que era a mulher mais bonita da rua, elegante, uma árvore de copa portentosa.

Às vezes me botava medo, a boca entupida de gritos, sapos e cobras, lagartas de fogo grudando em mim e me agitando, me fazendo obedecer. Mas eu adorava o tilintar de sua voz pela casa quando me chamava: "Ô Catita, vem cá!". Eu atendia feito uma cadelinha. Eu era chorona, capenga, medrosa de tanto amor, tinha medo, pavor de perder aquele amor. "Me dá de comer, mãe, tô com fome." Ela, como se fosse um pecado me provocar dor além da ponta de um alfinete, ia apressada preparar meu prato, macarrão com salsicha, purê de batatas e rodelas de tomate, fazia um KiSuco de uva pra mim. Eu me sentia uma princesinha com aquela mulher tão bonita e forte, tão serva de mim. As mãos dela sobre a mesa se moviam com a graça de plumas, e eu ali olhava, olhava de perto aquela mulher e dizia: "Eu quero ser você quando crescer, mãe". Ela dava risada, me concedia um afago como se dispensasse a um animal o gesto mais compassivo. Eu então me aninhava em seu colo, me fingia de doente só para ela me cuidar mais, me proteger mais. Às vezes era tão gostoso aquele amor que eu imaginava voltar para dentro dela, repousar lá dentro outra vez. Ela sentia o mesmo, pois naqueles momentos me apertava com muita força, eu quase sufocando, "chega, mãe, não quero mais", eu a deixava ali, de colo vazio, de ninho vazio, só para depois voltar e o nosso ciclo de amor recomeçar.

Éramos só nós duas em casa até ele chegar, até ele voltar de qualquer inferno por onde tivesse andado com suas botas de cão. Todos os dias chegava esbravejando, chutando qualquer lata, gostava de chutar, chutava as coisas só para mostrar seu poder. Ela sempre me pedia para sair quando ele chegava assim: "Vai brincar, Catita, vai ver as estrelas lá no céu". Eu saía, mas levava na mão o coração gelado, pedra de mármore que eu carregava sozinha. Ficava lá fora contando estrelas enquanto ele chutava as cadeiras, atirava no chão as panelas; tinha mania de dizer que a comida dela não prestava, que era "comida podre, comida de pobre essa que você faz" e, para demonstrar seu poder, atirava as panelas no chão, a comida toda desperdiçada. Às vezes eu podia ouvi-la reagir, atirar sobre ele invectivas, mas lá de fora meu coração sentia a pancada do corpo dela atirado no chão. No dia seguinte ela sempre disfarçava, toda elegante com suas echarpes e óculos, tentando apagar a noite anterior como se seus afagos fossem uma borracha que passava o dia todo esfregando em mim. "Para, mãe, chega de beijos", eu pedia. Era a mesma borracha que usava para apagar as conchas roxas ao redor dos seus olhos. Quando eu perguntava, ela dava risadas como se fosse a mulher mais feliz do mundo. E acho que de vez em quando era mesmo. Uma vez ela me disse: "Nenhuma mulher pode ser mais feliz do que eu". Perguntei: "Por quê?". Ali, na cabeceira da minha cama, debaixo do mosquiteiro onde ela havia pendurado umas borboletas de papel, disse: "É que eu fiz você". Eu a olhava e perguntava em segredo dentro de mim: *como pode alguém amar assim?*

Amor que igualmente me estarreceu foi ela também quem me ofereceu. Quando completei nove anos, me deu de presente uma gatinha toda pretinha, de olhos amarelinhos. Colocou-a em meus braços e, pela primeira vez, senti a força e o susto de um amor vivo. Aquela gatinha preenchia os meus dias, tornou-se a luz da minha vida, mas por alguma razão, numa manhã qualquer, sumiu. Perguntei: "Ela vai voltar, mãe?". A mãe não respondeu, teve medo de me contar a verdade, teve medo de me dizer que, às vezes, amar alguma coisa é também deixá-la ir. Procuramos a minha gatinha durante dias, até eu desistir. De vez em quando a esperança me cutucava, eu largava os lápis e os cadernos na mesa e corria até o quintal para espiar, mas naquele muro cheio de vidros reluzindo ao sol a minha gatinha era apenas uma ilusão. *Por que ela me deixou?* Passei muito tempo listando os meus erros, calculando as medidas do meu amor. *Em que eu havia errado?* Se eu deixava a gatinha dormir sobre o meu travesseiro, se eu lhe dava comida quente, afagos quentes, se eu lhe havia dado tudo que alguém é capaz de dar, por que havia ido embora? A mãe tentava me consolar, dormia na minha cama. Parecia me preparar, sabia que era preciso deixar em mim um legado, alguma coisa para me salvar. Guardei aquelas noites de carinho como quem guarda uma flor entre as folhas de um caderno, abro sempre que preciso lembrar e lá estão as pétalas murchas, mas intactas na forma.

Quando ela foi embora, me desmanchei inteira. Demorou até eu montar meu esqueleto outra vez. Era como se cada um dos meus ossos tivesse sido arrancado, e fui eu mesma quem precisei colocá-los no lugar. Passei dias procurando por ela, chamando mãe, mãe, mãe. Em vão. Os gritos da mãe na casa cessaram, as pancadas, os murros, os chutes, seus olhos de conchas roxas, as sombras de suas lágrimas no chão. Ela fugiu sem deixar rastros para ele não farejar; restaram apenas as pegadas nas minhas mãos que ficavam cada vez mais parecidas com as dela. De repente a casa estava oca e me doía. Uma dor tão funda que fez verter sangue de mim. Tranquei a porta do banheiro, as lágrimas pingando entre as minhas pernas. Então eu amava a mãe a ponto de sangrar por ela? A tia Valenzuela me encontrou, me ajudou a trocar a calcinha, ensinou a lavar para não deixar amarronzar no fundo. "Você agora é uma mocinha", me explicou.

Passei muitos anos colando os ossinhos, tão frágeis como se fossem feitos de cristal. Hoje, quando eu colava o último pedacinho de mim que faltava, vi no muro uma gata preta, olhos amarelos, que andava derramando sua sombra pelo caminho. Eu quis chamá-la, me aproximei, mas a gata se assustou e, abrupta, pulou para fora de mim, fazendo todo o meu esqueleto se desmontar outra vez.

Cianinha

DIZIAM QUE CIANINHA ERA DOIDA. MAS QUE SABIAM eles, afinal? Não muita coisa, pois não sabiam que o amor se regenera como o rabo da lagartixa. Doida? Não. Uma pétala solta, leve, feita para outro tempo, outro mundo, isso sim. Se não a queriam daquele jeito, por que a tinham, então? Talvez não soubessem que Cianinha nascera para as horas de sonho, era filha do ar. Mal acordava e já estava com seu vestidinho de chita farejando o café, adorava aquele cheirinho logo cedo, pois evocava memórias que se abriam junto com a fumaça quente e se fundiam com o ar fresco da manhã numa dança para começar o dia. Depois do café, corria para o mato abrindo as veredas luminosas, partindo o sol com seu bastão, um pedaço de pau que encontrava por ali, um pau fino, seco, com o qual desbravava caminhos, cortava os talos de silêncio do mato, cuja ponta usava para enrolar os fios de cantos que os pássaros espichavam no céu vazio.

Às vezes, Cianinha passava o dia longe conversando com os passarinhos, cuidando deles. Uma vez, viu um menino, era um menino-passarinho, assim o batizou. O menino-passarinho estava fugindo, se escondendo de sua mãe. Cianinha o ajudou, indicou-lhe o caminho de grotas atrás do rio. Os olhos do menino-passarinho estavam em pânico. "Que crime você cometeu?", perguntou. "Foi a cabra-cega", o menino, aturdido, respondeu. Cianinha tocou no rosto dele, mas ele logo sumiu. Às vezes Inhá a perdia de vista, mas deixava, era melhor dar-lhe esses momentos de liberdade do que perdê-la; imagine como ficaria sem ela, como viver sem seus carinhos, sem suas mãozinhas mágicas, sem seu cafuné? Era melhor deixá-la brincar, tomar o ar fresco da fazenda, afinal, fazia até bem a uma criança meio doentinha como ela. Inhá gostava de olhá-la. Do alpendre, sentada em sua cadeira de balanço, rangia a manhã enquanto garantia, sob a guarda de seus olhos de águia, a proteção de Cianinha, que saltitava ao longe com as cabras. Ao contrário do marido, não achava a menina doida. Cada pessoa inventa seu próprio mundo, ela dizia quando o marido meneava a cabeça, dando por péssimo aquele negócio. Discutiam, mas ele, a seu modo, também gostava da presença de Cianinha. Desde que a mulher perdera a última criança — já contavam cinco abortos — desistiram de ter filhos. Cianinha preenchia aquele vazio como uma fruta macia que despenca inteira, pronta para caber na mão.

Parecia haver harmonia naquela casa. Ao fim da manhã, Cianinha voltava de sua distância, era hora do almoço, era preciso ser pontual. Inhô, hirsuto, batia na mesa caso não estivessem com os pratos servidos ao meio-dia em ponto. Cianinha cantava enquanto comiam. Inhá gostava, achava agradável a voz suave da menina a embalar a refeição. Pedia: "Canta aquela outra, Cianinha, aquela *lá*". Inhô tentava disfarçar, mas a dureza de sua face não escondia. Achava a esposa melosa, ela incentivava demais a loucura de Cianinha. Inhá insistia: "Canta, Cianinha, canta pra gente". Cianinha, com sua cabeça cheia de passarinhos, cantarolava como uma flauta doce:

Tá caindo fulô, ê, tá caindo fulô

Tá caindo fulô, ê, tá caindo fulô

Lá do céu cá na terra, ê tá caindo fulô

Quem ouviu o meu cantar

Um pouco me conheceu

Vou levar no coração

A fulô que tu me deu.

Inhá sorria, seu coração era uma água onde flores flutuavam, se abriam e se derretiam. "Canta mais uma, Cianinha, enche de amor meu coração", pedia. Cianinha obedecia, fazia tudo por Inhá. Cantarolava saltitando ao redor da mesa:

Eu sou pobre, pobre, pobre,

De Marré, Marré, Marré.

Eu sou pobre, pobre, pobre,

De Marré Deci.

Inhá então entrava na canção batendo palmas:

Eu sou rica, rica, rica,
De Marré, Marré, Marré.
Eu sou rica, rica, rica,
De Marré Deci.
Eu queria uma de vossas filhas,
De Marré, Marré, Marré.
Eu queria uma de vossas filhas,
De Marré Deci.

Cianinha completava, dando sequência à hierarquia da brincadeira:

Escolhei qual quiser,
De Marré, Marré, Marré.
Escolhei qual quiser,
De Marré Deci.

Inhá, febril de alegria, batia os pés atamancados no assoalho de madeira, e trotava:

Eu queria Cianinha,
De Marré, Marré, Marré.
Eu queria Cianinha,
De Marré Deci.

Depois da cantoria, era hora de tomar café na varanda. Cianinha ficava por ali assoviando e falando com as abelhas, com as borboletas, com as formigas, com todas as coisinhas diminutas, invisíveis. Isso irritava Inhô. Ficava impaciente com aquela menina falando sozinha o dia todo, mas era silencioso como um poço, lendo seu jornal e bebendo seu café. Apesar de seu silêncio, era ele quem às vezes defendia Cianinha quando a menina começava a chamar por seu cachorrinho bem no meio da sala. Inhá não admitia aquela invenção de cachorro, estava saturada já. Aceitava as gracinhas de Cianinha, mas quando ela recomeçava com aquela história de cachorro, a mulher perdia a paciência. Cianinha tinha um cachorrinho que ninguém jamais vira. Pretinho, vira-lata, pé duro, como diziam. O rabo fino, a barriga cheia de lombrigas. Desgracioso, aquela coisa miúda foi seu primeiro amor. Gostava de enfiar a cabeça nas águas do rio da fazenda, pois dentro daquelas águas podia ver o dia em que o ganhara. Presente do pai, um capial de olhos cor de mel. Um dia, ele voltava com sua enxada e seu bornal quando a estrada já sugava o caldo da tarde e engordava a noite sobre os morros. Foi naquele fim de estradinha que encontrou o cão abandonado. Pegou o animal, mirou-o já com uma mirada de amor. Desde menino era assim: todo bicho que encontrava na rua queria levar para casa e salvar. Levou então o cãozinho. Colocou-o no bornal de couro e, em casa, entregou-o à filha. Cianinha aprendeu a amar naquele dia. E, desde então, sempre que amava alguma coisa, dizia: "Foi o pai quem me ensinou".

Quando se lembrava disso, sem perceber, Cianinha falava alto, estalava os dedos chamando pelo cachorrinho numa agonia meiga, mas ainda assim agonia. Isso aborrecia Inhá, tirava-a de dentro dos próprios nervos. Agarrava Cianinha e dava-lhe uma boa pisa: "Isso é para você esquecer essa bobagem de cachorro".

Com a bunda cheia de marcas, as pernas salpicadas de cinta — Inhá guardava a cinta na cômoda, junto com seu leque de renda —, Cianinha voltava para a cozinha, terminava seu serviço e ia para a cama sonhar soluçando, pensando na mãe, no pai, no dia em que Inhô foi buscá-la prometendo tratar da menina com o melhor doutor. Cianinha estava com uma febre molhada há tanto tempo que o pai confiou, deixou Inhô levá-la. Para nunca mais. Deitada, Cianinha sonhava com o pai, via os olhos dele sobre os morros quando saía para brincar pela fazenda. Olhava para o céu vazio, era como uma pétala solta, sozinha, arrancada de sua árvore original.

Foram anos assim. Cianinha crescendo, cantarolando pela casa, Inhá com sua cinta tentando fazê-la esquecer. Mas não havia cinta que fizesse Cianinha esquecer. Pulava de um lado para o outro, da cozinha para o mato, do mato para a cozinha, da cozinha para a sala de jantar, para os quatro banheiros que tinha de lavar, a roupa de Inhá, as calçolas e as meias também. E foi numa tarde ensolarada, enquanto Cianinha fazia carinho nos cabelos de Inhá, que Inhô morreu, deixando as duas na casa-grande entupida de vozes, vozes que Inhá tentava esconder, abafar. Mas era tarde, os pássaros estavam em festa, anunciando a chegada daquela gente estranha, parecendo surgir de outro tempo. Estava acabado. Inhá gritou, tentou negar, culpar o marido, foi Inhô quem decidiu ficar com a menina, foi ele quem a roubou. Tentou convencer a todos de seus cuidados, de como tratara Cianinha como uma filha em todos aqueles anos. Mas quanto mais falava, mais voltas dava, se enroscando dentro de si. Sentada num tamborete, Cianinha olhou por um tempo a mão que se estendeu: "Vem comigo, vamos levá-la para casa". Cianinha aceitou o gesto, a casca da palavra casa se abriu inteira como um sonho. Levaram-na até a porteira da fazenda, um carro a esperava. Aos seus pés, um pequeno cão pretinho, de rabinho fino, barriga inchada de lombrigas, latia. Um latido fino, estridente. Cianinha bateu um pé no chão e falou: "Psiu! Calma, Gravetinho", pegando o cão nos braços. Enquanto Cianinha se afastava, Inhá, amarrada nas cordas do próprio coração, sufocava ao ver nos braços de Cianinha o milagre cintilando como um peixe de ouro no rio profundo da vida.

Como num céu estrelado

NA VARANDA, A MÃE EMBALAVA O FIM DA TARDE NA cadeira de balanço enquanto a menina, de olhos vidrados, varria a rua em busca das outras crianças. Àquela hora, estavam sempre por ali, correndo, inventando brincadeiras que faziam a rua florescer mais que os jardins da pracinha. A menina ensaiava, balbuciante, o pedido. Despetalava as palavras, cuidadosa para não dizer a coisa errada, precisava ser certeira se quisesse convencer a mãe. Como podia aquele campo vasto de estrelas? O céu rosilho, fluorescente, as primeiras estrelas espiando por cima das casinhas coloridas. A hora estava perfeita para entregar-se à imaginação. Brincar com as crianças da rua, pular amarelinha, subir em árvores. Existia tal infância ou era tudo invenção, sonho que ela mesma engendrava no ovo de seu silêncio, tudo para não incomodar a mãe, não contrariá-la? Ali, detrás das grades da varanda, as duas eram pontos distantes de luz. A mãe, que estudava os movimentos da filha na tentativa de decorá-la, de saber cada detalhe, até os mais íntimos, aqueles imperceptíveis a olho nu, aumentava os olhos como se fossem duas lupas, vasculhava a menina da cabeça aos pés. *Que estaria pensando ela?* Desde que a recebeu nos braços, jurou conhecê-la por inteiro, ninguém no mundo jamais seria capaz de conhecê-la melhor. Observava-a, escaneando cada pedacinho daquela menininha que havia colocado no mundo com tanta dor. A menina sentia a mirada da mãe a vasculhando mesmo sem encará-la nos olhos, sentia a mãe espreitando-a, pousando em seu ombro, chegando por trás como uma sombra, sem avisar. Tratou logo de esconder aquilo que a mãe não podia ver, aprendeu que precisaria guardar partes de si; caso contrário, a mãe poderia devorá-la, pois era gulosa, muito gulosa. Se deixasse, a mãe comeria seus dedinhos das mãos, um por um, depois as coxas magrinhas, depois o pescoço, o narizinho pontudo, a boquinha, os olhinhos. Arrepiava-se com a ideia macabra de ser engolida viva, pedacinho por pedacinho. Foi guardando então na caixinha secreta de seu coração tudo aquilo que a mãe não poderia nunca conhecer. A mãe, ao perceber o medo da menina, desviou o olhar, inclinando-se e fazendo a cadeira balançar. A menina retomou o ensaio. Mas será que deveria falar? Tantas vezes a mãe dissera "não", e ela ficava ali na varanda como um pássaro de asas decepadas. Queria tanto voar, brincar.

"Mãezinha, eu estava pensando... será que posso..."

Não teve tempo de terminar a frase. A mãe levantou-se da cadeira, a palavra pesada como um punhal matando a tarde:

"Não!"

A palavra apunhalou não só a menina, mas também a mãe. A mulher tremia com o pedido da filha e, de repente, pedia para a menina parar, apenas parar. Saiu, deixou a menina na varanda e foi para o quarto onde era sempre noite. As memórias saíam como cobras de dentro das rachaduras das paredes, onde faziam morada desde que a outra, sua menina primeira, a pequena Lia, saiu para brincar e não voltou. Dessa vez, não erraria; dessa vez, não; o mundo não lhe roubaria mais uma. Fazia cálculos, era meticulosa, matemática. Em seu caderninho fazia as contas, os planos, sua menina viveria para sempre, essa Deus não levaria. Essa seria perfeita, incólume, inconspurcada como uma boneca sempre cheirosa, novinha, guardada na caixa. Tinha caixas e mais caixas de vitaminas, lencinhos, coisinhas misteriosas para embalsamar a filha e afastá-la dos olhos perigosos de Deus, o comedor de criancinhas. Essa menininha Ele não iria roubar com Sua mão implacável. Ela mesma iria garantir, ah se ia! Da varanda, a menina varria a rua com olhos famintos, as crianças brincando e ela ali. Era magrinha, a carinha parecia feita de papel machê. Sob o céu rosilho e um campo vasto de estrelas, a menina era um ponto de luz distante cintilando sem ninguém ver.

Confissões de Dona Cora

COMO É DIFÍCIL O EXERCÍCIO DE CONTAR ALGUMA COISA. Com a ponta do lápis ela puxa o fio e tece no papel algumas linhas. Linhas que puxa do rosto vincado, fazendo com elas um caminho tortuoso como os trilhos antigos de um trem. Mistura confissões com receitas de bolos e doces, quituteira de mão cheia que sempre foi. As palavras, no exato momento em que as escreve, disputam espaço com a receita de flor de coco, doce que aprendeu com a avó. Como colocar em disputa a delicadeza e o horror?

Mas não quero chamar de horror, não. Dou graças a Deus por minha pequenez, tenho alma de pobre, coração de pobre. Fui criada numa casa de mulheres pobres, até pomba já tive que comer. Por isso sou humilde, tudo meu são coisinhas de pobre, bibelôs, canequinhas, responsório, pratinhos floridos de sobremesa, tamborete para eu sentar e debulhar meu rosário enquanto medito e vigio o firma-

mento na soleira da porta. Tudo pouco para eu não me acostumar a exceder. Bem-aventurados os humildes, escreveu o apóstolo Mateus, amém! De muito, só a quantidade de filhos, seis, um atrás do outro. O padre Evilásio sempre diz que, da igreja, sou a mais franciscana. Imagina se ele souber que gasto dois quilos de açúcar por semana, me faria rezar trezentas ave-marias. Mas esse é o limite dos meus luxos. É que sou doceira boa, na minha geladeira não fica uma compota vazia. A quem chega ofereço um suspiro, um biscoitinho com café, um pires com doce de banana, uma fatia de bolo. Não sei viver numa casa sem doçura. Se ela me escapa, fico louca, zonza, desesperada. Naquele tempo eu era menina demais, sabe como é, outros tempos, eu nem queria, mas ele me levou, me roubou de casa como se eu fosse um chapéu. Depois até me acostumei, comecei a gostar, gostei, fiz seis filhos com ele, virou amor.

Essa moça era mirradinha, sempre com sua saia godê e seus sapatinhos de fivela. Tinha cheirinho de mirra e rezava para arrumar um marido que a quisesse, que lhe comprasse uma casa bonita onde pudesse cultivar um jardim e abrir as janelas. Sonhava com uma fachada azul e um portão branco, uma arandela em formato de flor iluminando o vestíbulo. Essa mocinha era assustada como uma lebre. Queria muito um marido, mas ficou em pânico quando ele ficou ali, nu, a coisa grandona toda de fora apontando para ela. De camisola branca a mocinha quis fugir, tão vestal.

Meu Deus! Até parece que está falando da minha bisavó. Mas essa mocinha fui eu mesma, não está mentindo. Hoje, mulher batida e rebatida, toda rebocada feito uma parede de estuque, mãe

de seis homens que, em peso e tamanho, poderiam compor o exérci-
to dos soldados romanos com suas armaduras e seus cavalos. Que
orgulho, eu era tão magrinha e botei seis homens grandes assim
para fora de mim. Por esses filhos tem vivido tal qual uma sacerdotisa, ofe-
recendo-lhes o bálsamo de uma casa esculpida sobre o barro
de um coração de mãe; ela estende seu véu sobre a mesa e eles
pisam, trotam no véu sem dó. Chegam esbaforidos feito cavalos, suando e ocupando toda a casa com seus braços e pernas,
ela se apertando na cozinha entre as panelas e as xícaras, hu-
mílima de tanta alegria só por ser mãe, viúva, ter uma casa
para chamar de sua. Antes, os filhos eram potros correndo no
quintal, atirando em passarinhos, jogando sal nos sapos. Enquanto ela quarava os lençóis, brincavam entre as bacias, pisando com maldade para derramar a água com sabão. Passou
a vida tentando controlar neles o instinto feroz, salpicando os
dias com docinhos, mimos, flores e ternuras.

Por que insisto na doçura se ela tão poucas vezes salva? Às
vezes, um momento de ternura pode matar. Ternura também fere,
afinal. Como no sonho que tive certa noite. Eu estava no quintal
pendurando a roupa quando pássaros começaram a pousar na
minha cabeça; brincavam em meus cabelos como se eu fosse um
ninho. Abria os braços e de mim saía uma revoada de pássaros.
Foi um sonho mágico, acordei querendo voltar. Passei o dia feito
uma bobona procurando pássaros em mim e só a lembrança da-
quele sonho em meu coração já me feria como a ponta de uma faca
de cozinha. Ave Maria!

Ela tergiversa, porque abrir seu coração é uma via-crúcis. Vive numa casa de homens. Limpa e cozinha, ama seus filhos, vai à igreja, vê televisão e adormece. Um deles sempre a acorda com um carinho desajeitado, a mão grande balança seu ombro, e ela sabe que ele contém a força para não a machucar: "Ô mãe, vai deitar na cama, sai desse sofá".

Às vezes, nem estou dormindo de verdade, apenas finjo, fecho os olhos e pendo a cabeça feito uma galinha velha desmangolada pra que um deles venha assim, com mansidão, querendo cuidar de mim; às vezes, só quero mesmo ouvir sem sofrimento um deles me chamar "ô mãe!". Mãe é um bicho bobo. Só de falar desses seis filhos as lágrimas pingam como uma chuva doce de mim. Rogo a Deus por meus filhos, que nunca machuquem ninguém. Conhece a história de Santa Rita? Pois bem, Deus me livre, amém! Estou melosa demais, viúva demais, mocinha demais. Zenaide diz que devo aprender a falar, a dividir meus segredos, minhas emoções. Disse que devo fazer terapia, mas não quero me revelar a um estranho, não pega bem uma velha ficar fazendo confissões. Confessar eu confesso tudo a Deus e está bom demais, Ele há de me salvar, amém! Embora em Zenaide eu confie, por isso só para ela contei. Ela acha que devo contar aos meninos, disse assim: "Fala pra eles, ué, com uns filhos daquele tamanho você está protegida, eles quebram o pescoço daquele doutorzinho safado!".

Ela não faria algo assim. Como Santa Rita, prefere um filho morto a vê-lo matar alguém.

E também não é a primeira vez que acontece. Desde mocinha, os seis meninos pequenos pendurados em mim, Antenor passando tantas semanas na Bahia, precisava ir sozinha às consultas. Deixava os seis potrinhos sentados na sala de espera com a promessa de tomarmos um picolé no calçadão depois e entrava no consultório. Doutor Eustáquio sempre atencioso, paciencioso, melindroso. Dizia que eu tinha a saúde de uma novilha e me pedia para deitar. Era uma tortura aquilo, meu Jesuszinho! Aqueles aparelhos, aquele cheiro de éter, as paredes brancas, o jaleco dele branco, a cara branca dele apontando pra mim. Desde menina sempre tive pavor de hospital. Mas o doutor me acalmava, passava em mim suas mãos quentes, dizia que eu tinha uma linda pele morena, que eu era boa de amansar. Eu adormecia como se fosse tocada por um anjo. Quando acordava, estava feito. Abria os olhos e lá estava o doutor Eustáquio me olhando. Antes de eu sair, sempre dizia: "Você foi uma ótima menina, Cora". Eu gostava do doutor Eustáquio, tudo que precisava ser feito ele, antes de fazer, me colocava para dormir e fazia. Nunca precisei sentir a agulha para tirar sangue, nunca fiquei acordada durante uma consulta, até para verificar os carocinhos nos meus seios ele me colocava antes para dormir com aquele algodãozinho fedorento, era melhor assim, eu morria de vergonha, só meu marido me via nua, Ave Maria! O doutor Eustáquio é meu médico há quase trinta e cinco anos, Antenor confiava nele. Sempre foi um marido cuidadoso, protetor. Nunca me deixava sair sem as crianças, não gostava de me ver batendo perna sozinha, escolhia meus vestidos com medo do meu decote aparecer, um homem zeloso de mim, era muito grande seu amor. Foi ele quem conseguiu o contato do doutor Eustáquio e fez dele meu médico.

Não deixava outro me examinar. Quando o pior aconteceu, senti as pedras de Maria Madalena sobre mim. Antenor não percebeu, pois pedi ajuda ao doutor Eustáquio antes da barriga começar a aparecer. Ele foi muito bom comigo, teve muita compaixão. Falou que nunca tinha visto algo assim, parecia até milagre uma mulher pegar barriga de ninguém. Me ajoelhei diante dele, implorei, pedi que me ajudasse a tirar, que não contasse a ninguém, se meu marido soubesse estava acabada a minha casa com meu jardim e minhas janelas e meus filhos dentro. Doutor Eustáquio foi compassivo, prometeu me ajudar em troca de eu também não contar a ninguém, afinal, seria estranho eu sair dizendo que estava de barriga se apenas ele e Antenor podiam me tocar. Passei dias implorando o perdão de Deus, rogando à Virgem Maria para me curar daquele ato, me senti muito assassina, mas precisei me salvar. O doutor Eustáquio me ajudou, por isso devo muito a ele. Quando Antenor morreu, os meninos passaram a marcar as minhas consultas. Antenor cuidava de mim, não gostava que eu falasse ao telefone, dizia que era perigoso demais, só depois de sua morte os meninos me deram um celular para casos de emergência. Gostam do doutor, acham que ele me trata muito bem. Por isso não posso contar, não é a primeira vez que o doutor me toca assim, mas agora meu corpo já apaga sozinho, basta ele me dizer para deitar, fecho os olhos e imito a dormição de Maria.

Ontem, ela teve consulta outra vez. Quando voltou do consultório, os filhos a esperavam famélicos.

Mas sou esperta, deixei o almoço pronto antes de sair. Esquentei e servi a mesa. Em cada prato coloquei uma costela gorda muito bem cozida ao molho de cebola, o arroz soltinho que sou caprichosa.

Comeram e se lambuzaram, deixando sobre a mesa apenas os ossos das costelas, lustrosos como pedaços perfeitos de um corpo devorado com suculência. Depois do almoço ela tomou um banho, lavou os cabelos, passou sua loção e foi cochilar no sofá. Um dos filhos pousou a mão fria em seu ombro.

Despertei em pânico. "Calma, mãe, a senhora estava sonhando", ele disse. Zonza, abri os olhos e vi meu filho, homem grande, rosto grande como o de um cavalo.

Ela quis estender-lhe a mão, mas como pode uma mãe pedir socorro a um filho? Isso não, isso ela não faria. Nunca fará.

Levantei, pus um doce de coco na panela para ferver em fogo baixo e voltei para o sofá. Os meninos saíram, a casa ficou tão vazia. Um vento brando trouxe o cheiro adocicado que, como éter, passou por mim e me deixou zonza, me fez pender a cabeça feito uma galinha velha desmangolada. Aceitei. Fechei os olhos e fingi cochilar outra vez.

O beijo

DAR O PRIMEIRO BEIJO SEM SUSTO, SEM BARULHO, SEM ruído, com a singeleza das borboletas quando se tocam. Dar o primeiro beijo assim como se fosse uma brincadeira, como se no delicado encontro dissesse, mas sem a necessidade de palavra alguma: eu te amo. De que outra forma se pode dizer a alguém "eu te amo" se não assim, usando palavras? Lá estava ela, diante do espelho, ensaiando e se fazendo a pergunta: *como não usar palavras?* Decidiu, então, que usar palavras seria um excesso. Beijaria apenas, e no beijo deixaria uma pessoa inteira, deixaria seu cheiro, seu gosto, seu jeito de falar, de andar, de dar risada, suas cores e comidas favoritas. Não queria pedir conselhos à mãe, sabia o que iria ouvir. Melhor fazer tudo em segredo mesmo, afinal, todo mundo carrega um segredo, não existe pessoa que não guarde um bem escondidinho dentro de si. A dúvida maior agora era: passar batom? Não era muito de pintar a boca, mas talvez o momento pedisse um toque especial. Aquele batom cereja, que a tia Juju lhe havia dado no Natal, talvez servisse para alguma coisa agora. Desde o dia em que ganhou o batom só usava para enfeitar a mesinha de cabeceira. Passou o batom. Os lábios inchados, carnudos como os de todas as mulheres da família, se agigantaram como uma fruta polpuda, madura, suculenta, prontinha para se abrir. Fez um biquinho e caiu na gargalhada; apesar de achar bobagem, estava até bem bonitinha com aqueles lábios pintados. Sacudiu os braços para espantar o medo que insistia em pousar nos seus ombros, na cabeça, no coração. Tentava espantar tudo que não fosse singelo e ficava repetindo a palavra diante do espelho, um beijo singelo, singelo.

Lá foi ela em busca de seu primeiro beijo. Estava tudo combinado. Marcaram no dia anterior, durante o recreio. Deveriam se encontrar nos fundos da escola. Em seus doze anos de vida, nunca havia dado um passo tão importante, tão ousado. Andava pelo caminho ladrilhado de pedrinhas coloridas e nem reparava no mundo ao redor, tão dentro de seu próprio mundo estava. O rapaz de bicicleta com sua caixa de picolés e seu sininho; o velho vendedor de algodão-doce; a velha senhora arrastando os chinelos e sua bengala enquanto carregava uma sacola de pães; os vira-latas mijando na pracinha. Personagens que passavam como fantasmas vagando por um recanto muito distante dela, visões de um mundo no qual agora ela não desejava estar, pois estava a caminho do momento mais importante dos seus doze anos:

o primeiro beijo. Ah! Arrancou uma florzinha miúda no caminho, guardou-a no bolso só para fingir calma. Quanto mais perto chegava, mais nervosa ficava. A cada passo a distância era menor e tinha medo, muito medo daquele primeiro beijo. Mas quando chegou, todos os monstros desapareceram. Como combinado, estavam agora cara a cara nos fundos da escola. A princípio não sabiam o que fazer, não sabiam se tocar, falar, as palavras escapuliam, tentavam agarrá-las, mas elas eram sapecas, pululavam feito rãs. Tentavam então disfarçar o nervoso, puxavam o pigarro da garganta, olhavam para os lados. Até que a coragem chegou. Não saberiam dizer quem pegou na mão de quem primeiro, mas quem pegou aproveitou e, depressa, deu o primeiro beijo. As bocas se encontraram e não foram inventadas ainda palavras simples o suficiente para descrever a magia desse primeiro beijo. Tentavam até abrir a palavra magia e encontrar dentro dela outras palavras que servissem como peças, muitas peças de um corpo maior, que explicassem a singeleza daquele beijo, daquele amor. Amor. Palavra sem dono, palavra que gostavam de repetir de diversas formas como num joguete: amor, roma, mora, ramo, armo, omar; dentro da palavra Amor, o Mar. Brincadeiras que faziam para montar e desmontar aquela palavra que nada e tudo dizia. Ali, de mãos dadas, riram e quiseram beijar mais porque, descobriram, beijar era gostoso e havia muitas possibilidades. O beijo, logo perceberam, era um prazer em constante dilatação capaz de abrir os braços e fazer todo o corpo se entregar. Só não descobriram mais porque uma mão abrupta roubou o beijo, a magia, a florzinha, a singeleza, tudo. Mão que arranca sem dó as coisas vivas. Foi a mão do irmão que as flagrou e, sem delicadeza, as separou como se desfizesse um laço, as mãos se largando no vazio. Como era seu o irmão, libertou a outra, vai, corre! A outra correu, mas levou junto o beijo, guardou-o depressa dentro da roupa, escondeu-o e, entre lágrimas, corria jurando guardá-lo debaixo dos sete palmos de si, ninguém jamais veria. Enquanto ela enfrentava o irmão e perdia na disputa, pois era grande, imensa, violenta aquela mão. Apanhou muito, levou muitos tapas, a cara já toda borrada com o batom cereja. Mas lutou, não era de se entregar assim facilmente. Esperneou, chutou, gritou. No entanto, apanhou, apanhou muito daquela enorme, violenta mão.

Voltou para casa arrastada, o irmão jurando matá-la se a pegasse beijando aquela menina outra vez. Sozinha, surrada, ela ia à frente no caminho ladrilhado com pedrinhas coloridas, o irmão como um soldado vigilante atrás, dando-lhe sucessivos cascudos. Ela enxugava as lágrimas enquanto tentava guardar os restos daquele beijo, agora pó. Olhou o céu e sentiu o peso daquela mão que abria nela uma fenda pela qual entrava agora um grosso e eterno silêncio.

A menina que pescou o coração do mundo

EM NOITE DE LUA MINGUANTE O PAI SEMPRE SAÍA PARA pescar. Dizia que as águas ficavam mais luminosas e movimentadas, fazendo os peixes subirem à superfície em busca de comida. Bastava anoitecer e ele arrumava seu bornal, embrulhando com um pano dois pães com presunto e bananas. As varas cruzadas nas costas, o bornal pendurado, algibeira, cesta de palha, anzóis e uma latinha cheia de iscas. Partia como se fosse um herói medieval em busca do sonho. Eu ficava acordada mirando as estrelas que pinicavam o pano escuro do céu. Enquanto o pai estava fora, buscava-o naqueles pontinhos brilhantes, tateando o caminho, a direção. Seguia o pai desde o Cruzeiro do Sul até as Três Marias. Em que parte do mundo ele deveria estar? Qual recôndito, qual mar?

A luz fininha da manhã entrava em casa quando ele regressava com a cesta cheia de peixes. Nós o recebíamos com festa, ávidas para saber o que aquele homem nos trazia do mundo lá fora. Os peixes de olhos esbugalhados, congelados no tempo, recendiam a coisas antigas, como se tivessem sido colhidos nas entranhas de um mundo profundo, obscuro. Pedíamos detalhes, queríamos saber o que o pai vira na noite, quais mistérios engendravam a vida enquanto todos dormiam. Ele, ainda úmido, marejado, tirava o boné, pegava uma de nós no colo e começava a contar suas histórias "Você acredita que vi Iemanjá, Neusinha?". Abria dois olhos lunáticos, pousando sobre nosso cotidiano a magia. Seres marinhos, animais de outro mundo que brilhavam no fundo das águas, que encantavam, sereias, pérolas, cantos que enfeitiçavam, tesouros de antigos piratas. No fogão, um bule com água quente gritava, agitando ainda mais nosso coração já remexido com aquelas histórias. Eu sonhava com o dia em que iria com ele em busca do sonho também. Sonhava com águas revoltas, com um barquinho de madeira pintado de azul, um homem e sua filha pendurando sobre as águas do mundo seu anzol.

O pai com aqueles olhos de águas iluminadas pela lua minguante nos fazia esperar por ela, a lua. Desejava um dia ser como ele, poder levar meu barco, sumir dentro da madrugada e regressar à casa com a cesta farta de peixes, a colheita bojuda de tesouros escondidos no coração dos séculos marinhos. Além dos peixes, o pai sempre nos trazia presentes, nacos dos lugares pelos quais passava. Conchinhas, pedrinhas, folhas, galhos. Qualquer coisa ele disfarçava e fazia virar um pequeno tesouro, afinal, ele dizia, tudo que o mundo engendra é precioso, deve brilhar. Com o tempo, ficávamos mais ricas, nosso baú se enchendo do tesouro que o pai nos dava. Eu fazia planos, compraria meu barco, minha vara, meu anzol. Já tinha o suficiente para comprar minha liberdade, sair pelas madrugadas também. Quando decidi vender tudo, fui à procura do pai. Era noite. Onde ele estava? Eu precisava lhe falar, precisava lhe dizer que aquela filha estava vocacionada à aventura, que ninguém tentasse me impedir! Ele havia saído no dia anterior. Por que não voltara? A mãe, de joelhos sob o arco da chama de uma vela que chorava sobre seu pequeno altar, murmurava uma oração que mais parecia com marolas, ondas suaves e tristes de um longínquo mar. A luz daquela vela me confundia, diáfana como a luz da manhã. *Onde estava o pai?* Eu estava pronta para a aventura, chegara minha hora de deixar a casa e ser eu mesma uma heroína em busca do sonho. A mãe de joelhos não dizia nada, dava para ver em seus olhos a silenciosa agonia.

O pai jamais voltou. Muitas histórias inventamos. Ele foi engolido por um monstro marinho; a mãe das águas o encantou; o pai era agora uma pérola dentro duma concha no fundo do mar. A mãe ficava furiosa com nossas histórias, gritava que o pai havia nos deixado por outra família, agora tinha outra mulher, amava outras filhas, tinha nos largado para viver outro amor. Eu não acreditava nela e me compadecia, pois sabia que seu coração estava afogado em mágoas. Encantou-se o nosso pai, por que ela não entendia? Todas as noites, desde então, eu sonhava com ele me esperando; empurrava meu barquinho azul mar adentro, as águas se abrindo para eu passar. Sobre a vastidão luminosa erguia minha vara. O fio rasgava a pele daquela água e eu puxava meu anzol. Nele, enganchado, eu pescava o coração do mundo, que se debatia, ferido e assustado, sob a lua minguante das minhas mãos.

As conchas não falam

MIÚDA TINHA ORGULHO DE SUA COLEÇÃO. PASSAVA noites escondida no quarto, à luz apenas de uma vela, contemplando-as uma a uma. Havia de todos os tipos e cores. Conchas brancas, rosadas, nacaradas, quebradas, pequenas, grandes. Sempre que ganhava uma, guardava no pote de vidro que escondia debaixo da cama e ninguém poderia saber. Era uma colecionadora, o pote de vidro era um tesouro só seu. Gostava de espalhar as conchas na cama e admirá-las só pela sensação amorosa de tê-las, contemplá-las. Sob a aura da vela, as conchas brilhavam como pedaços de vidro, e aqueles pedacinhos de vidro formavam um mosaico de luz em volta do qual Miúda podia sonhar. Quando ouvia os passos de alguém chegando, recolhia as conchas, colocava-as dentro do pote de vidro e apertava a tampa com força até as conchas se sufocarem, até aquele segredo se fechar. Ninguém sabia. Nem mesmo a mãe, ou a avó, ou as tias, nenhuma delas percebia debaixo da cama da menina o pote de vidro abarrotado de conchas. Foi só naquela tarde que o segredo de Miúda começara a se abrir.

A menina andava estranha, cambaleante, a cabeça mole, o corpo fraquinho. Não queria comer, nem brincar, sequer falava. Dias se passaram sem que uma única palavra tivesse se formado no barro de sua boca até conseguir dizer que sentia, dentro dela, uma coisinha estranha acontecendo. Primeiro, a coisinha lhe causou incômodo, arranhando feito um grão de areia. Depois, parecia ganhar uma pele delicada, fina, luzidia. Miúda sentia a coisinha rugosa ganhando outra aparência, trocando de textura e crescendo dentro dela como uma pérola. De pronto, a mãe não acreditou, era invencionice de criança, sabia que tinha uma pequena sonhadora em casa. Miúda chorou com a descrença da mãe, mas depois, sozinha, pegou o pote com as conchas e seu coração se abriu com a possibilidade. Será? Era possível ela estar se transformando numa conchinha? Sentia a barriga crescer, ganhar um peso que antes não estava ali, e quase já podia sentir aquela coisinha palpitando como se estivesse viva. Iluminada pelo sonho, animou-se, o que fez a mãe, a avó e as tias esquecerem os dias de mal-estar. Algumas semanas se passaram até ela voltar a insistir com a mãe. Estavam todos à mesa, as tias gargalhando, a avó calada, quase cochilando sob o efeito anestésico do vapor que evolava-se da sopa; os tios, o pai, os primos e o avô enfiados nos pratos cheios de caldo de carne. Miúda apareceu agitada:

"É uma pérola sim, mãe. Veja, está crescendo!"

A mãe então arrastou Miúda para o quarto. Mas a menina gritou: "Não tou mentindo, mãe, olha aqui, eu sou uma concha, está crescendo uma pérola dentro de mim!".

A mulher apalpou a barriga da menina com terror, uma barriga que parecia ter crescido três vezes nas últimas semanas e estava dura demais para uma menina de onze anos. Miúda sorria cheia de sonhos nos olhos, mas ficou atônita por um instante ao perceber que a mãe revirava os olhos com loucura e dor. Ela revirou o quarto, achou o pote de vidro e perguntou à menina de onde haviam surgido tantas conchas. Miúda não disse nada. Não podia contar quem lhe havia dado as conchinhas como tesouro, era leal demais, não trairia um segredo. As conchas foram presentes e em troca precisou apenas jurar silêncio, não deveria contar a ninguém os passeios secretos em que ele a levava. Achou fácil a troca, sabia calar, jurou nunca falar nada, mesmo quando adoeceu, quando ele, mesmo depois de ter jurado que não a machucaria, a machucou. A mãe sacudia Miúda com desespero, balançava a menina como se ela fosse um pote cheio de coisas guardadas, mas só conseguiu fazer escapulir dela uma revelação: "Uma das conchinhas eu roubei da vó Mocinha", Miúda confessou. "Ela também guarda secretamente várias conchinhas debaixo do colchão." Miúda descobriu-as e, sem dizer nada, pegou uma e acrescentou à sua coleção. "Mas e as outras?", a mãe perguntou. "As outras eu não conto, não", respondeu. Miúda saiu correndo exibindo a barriguinha para todos, já sonhava em ficar famosa, em aparecer na televisão, ganhar um troféu, ser a menina mais especial do mundo e produzir muitas pérolas para enfeitar a mãe; ficariam ricas! Tudo parou. O pai, os tios, os primos e o avô tinham espasmos a cada movimento daquela menina saltitando pela sala mostrando para todo mundo a barriga saliente. Enquanto Miúda dançava sozinha na luz daquele sonho, a mesa, a sopa, as conchas, a casa e todos dentro dela eram engolidos agora por um pesadelo de garganta profunda.

O encantador de borboletas

AS BORBOLETAS DO PARQUINHO PARECIAM FEITAS DE PApel. Multiplicavam-se como origamis mágicos por todos os lados numa alegre dança. O pai me colocava sobre os ombros, eu abria os braços e sacudia as mãos tentando alcançá-las. Bibi, nossa cadela, ficava ao redor agitada, dava saltos acrobáticos tentando agarrar as borboletas com a boca. O pai então fingia comandá-las, erguia as mãos como se as encantasse. Subíamos em árvores, rolávamos na areia, deitávamos na grama em frente ao lago onde os patos se deliciavam na água ternurenta. O pai me impressionava com aquela alegria, ali estirado sobre a grama, as mãos cruzadas atrás da nuca. Era lindo o meu pai: olhos cor de caramelo, o hálito fresco de menta, a barba porosa, os pulsos torneados por pulseirinhas de couro marrom. Era grande, vigoroso como um urso. Bonito, tão bonito o meu pai!

Era inesgotável a nossa parceria. O parquinho havia se tornado o lugar onde, sem a presença de minha mãe, podíamos criar memórias só nossas. O pai, nossa cadela Bibi e eu formávamos um time perfeito. Conversávamos sobre tudo, o pai sempre me impulsionando a querer saber, a perguntar. Se notava em mim algum medo, dizia logo: "Sobe mais um pouquinho, se cair, do chão não passa". Querendo provar-lhe que era digna de sua amizade, querendo imitar seu jeito destemido, eu subia mais, agarrava-me a um tronco maior e mais alto, e de lá de cima gritava "ei, pai!". Ele então me olhava cortinando com a mão o cenho, atravessando a luz que decepava as folhas da árvore com um olhar carinhoso: "Mais alto, filha". E a palavra "filha" pousava terna nas minhas costas, espetando em mim duas asas com as quais, alada, eu me sentia poderosa.

O pai, Bibi e eu éramos também perfeitos no futebol. No parquinho, a bola amarela se movia como um sol. O pai deu o primeiro chute, a bola rolou até mim, Bibi tresloucada de alegria. Chutei com força, a bola rodopiou até um par de pés com unhas vermelhas numa sandália de tira. Gentil, a moça chutou de volta, fazendo a bola rolar até mim. A moça era alta, usava argolas douradas e um chapéu amarelo com uma fita. O pai fez um gesto leve com a mão, seus dedos tremelicaram um pouco como pétalas de uma flor atingidas por uma brisa.

Retomamos a partida, o sol gostoso fazendo a gente suar. Tomamos uma água de coco e, quando o céu lilás começava a fechar a cortina da tarde, voltamos para casa.

No dia seguinte, o pai me levou novamente ao parquinho. Desde então, passamos a ir diariamente. Quanto mais íamos, mais eu o amava, nossa intimidade sendo urdida fio a fio. Só pensava nas borboletas de papel, nos patos, na bola, no sol. O mundo era grande demais, bonito demais, ingovernável demais e queria desfrutá-lo todas as tardes ao lado do pai, que pousava em mim dois olhos tão cheios de carinho.

"Pai?"

Ele parecia distraído. Saiu um instante, voltou com uma água de coco. Sorriu, salpicou de beijos o meu rosto e fez cócegas na minha barriga.

"Volto já."

Ele interrompeu a brincadeira, afastou-se um pouco, voltou depois. Deitamos na grama, tomamos sorvete, a cortina lilás fechando o céu. No dia seguinte, parquinho outra vez. Bichos, bola, sol. Mas naquela tarde algo diferente aconteceu. O pai chutou a bola, que rolou amarelinha e foi parar num par de pés conhecidos. Aquelas unhas pintadas eram familiares. A moça, gentil, pegou a bola, mas desta vez não chutou, trouxe e entregou-a ao pai. Ele, que colocou a bola debaixo do braço, agradeceu. Parecia ter a boca congelada num sorriso que não se desfazia por nada. A moça ficou ali tentando desfiar assunto como uma aranha que vai montando sua teia.

"Você é muito bonitinha, é a cara do pai."

Aquele seria talvez o maior elogio que eu poderia receber, não fosse aquela moça a dizer. Pensei na mãe de repente, uma saudade dela, uma vontade de abraçá-la, de beijá-la, de garantir-lhe o meu amor. Puxei a camisa do pai. Ele não tinha saída, precisava me levar de volta. "Sabe como são as crianças...", disse. Despediu-se da moça ajeitando com a ponta do dedo a fita de seu chapéu amarelo. Ela completou o gesto prendendo a fita atrás do chapéu. No pulso da mulher, vi uma pulseira de couro marrom igual às que o pai sempre usava. Era igualzinha a que eu mesma escolhi com a mãe para presenteá-lo. Naquele instante, me senti testemunha de corações clandestinos, um amor perigoso, capaz de machucar. Peguei minha vira-lata Bibi e saí andando, o pai atrás dando os primeiros passos de costas enquanto acenava para a moça. Quando chegamos em casa, a mãe lia um livro na soleira da porta, o cabelo fazendo uma sombra na parede como se fosse a copa de uma árvore.

"Voltaram cedo hoje."

Ela beijou o rosto suado do marido que, brincalhão, afundou o nariz no pescoço dela e entrou extasiado para o banho. Ela então me puxou para perto de si, me deu um beijo, segurou a ponta do meu queixo enquanto arrumava uma molinha dos meus cabelos.

"Brincou muito com o papai, cuidou bem dele?"

Afundei o rosto no colo da mãe. Não tive coragem de olhar em seus olhos.

Querido diário

EU NUNCA VOU ESQUECER. A VÓ TENTOU ME segurar, colocou suas mãos grandes bem em cima dos meus olhos, mas eu corri, corri e vi, porque eu queria ver. Foi como uma pedra quente que colocaram em mim. A vó diz para eu falar com Deus, que Ele tudo ouve, tudo vê, tudo pode. Mas eu não quero falar com Deus, não quero abrir meu coração pra Ele. Porque Ele não me serve agora, Deus não merece o carinho que eu tinha por Ele. Deus não merece eu, não merece ninguém, se eu pudesse tirava o mundo das mãos Dele só pra Ele ver o que é bom. Onde Ele estava? Deus às vezes é um homem como esses daqui, vê e finge que não viu, prefere deixar as coisas todas acontecerem, deixa as coisas rolarem, se faz de sonso, a gente implora e Ele nada. A gente chora, grita, até promete as coisas pra Ele, mas não adianta. Não adiantou oferecer minha coleção de figurinhas, meus quebra-cabeças, minhas fitas coloridas. Ele não quis nada. Parece esses homens daqui, ignora quando a gente sofre. Não confio mais em Deus, por isso tô contando pra você. Só porque em você ainda confio. É que não consegui dormir, a cabeça pesada como um saco cheio de pedras. Tive pesadelos. Sonhei que estava amarrada numa rocha gigante, com um urubu comendo a minha barriga. Além desse pesadelo, a mãe pairou por cima de mim a noite toda. Tenho medo de assombração, mas era minha mãe e dentro dela aquele anjinho, ele ia se chamar Miguel, como o arcanjo mesmo, eu tenho um quadrinho do arcanjo Miguel que a vó pendurou acima da minha cabeceira, a vó disse que aquele anjo sempre cuidaria de mim, por isso escolhi o nome. Estava lá a mãe mais o pequeno arcanjo, o meu Miguel, meu Miguelzinho, eu já chamava ele assim. E agora virou anjo mesmo. Minha avó fica o dia todo tentando cuidar da gente, não para nunca, o caixão foi ela quem comprou, as velas, as flores, tudo ela quem arrumou. Pegou a vassoura, o pano de limpar, a casa toda perfumada com cheirinho de talco, enfeitou tudo com umas flores de papel crepom que ela faz. A casa da gente nem deu pro povo todo que entrou aqui, ficaram até o sol acordar o tempo todo dizendo "coitadinha dessa menina!" e passavam a mão em mim. Não gosto que passem a mão em mim, mas deixei. Eu estava muito triste e quando fico triste fico fraca também. Minha avó não, ela até parece uma árvore antiga, grande, forte. Até parece uma mangueira carregada de mangas e flores. Ficou servindo café, ajeitando as almofadas para o povo sentar. Tem umas almofadas que ela mesma borda em seu bastidor. Ela borda de tudo: passarinho, nuvens, bichos, flor. A minha preferida é uma almofada onde ela bordou umas campânulas coloridas. A vó não para. Ficou ontem depois do enterro e hoje para lá e para cá. Por isso tô falando com você, não consigo falar com minha vó, tenho medo de machucar ela, uma palavrinha errada pode ferir demais seu coração que já está partido em mil pedacinhos. Ela tenta disfarçar, mas eu vi quando seu coração se partiu, caiu bem no meio da rua como se fosse uma tigela de vidro. Foi quando gritaram lá da casa de dona Inês, a vó saiu voando, eu atrás. Quando ela viu, era minha mãe no chão. A vó tentou me segurar, mas eu corri e vi. Vi de pertinho minha mãe com a mão na barriga, meu arcanjo ali dentro. A mãe parecia uma boneca de cera. Estava de olhos abertos, mas não me via. Eu nem gritei, nem chorei, eu nem nada. Só olhei. A vó me arrancou dali, me entregou nos braços do meu avô. Ele me apertou com tanta força que pensei: *minha alma vai sair!* Me levaram pra casa de dona Inês, ela tentando me distrair com um pacote de biscoito de morango e suco de maracujá. A casa dela me dá medo, é cheia de fotografias de gente morta nas paredes e bonequinhos de vidro na estante, ela tem uma coleção daqueles bonequinhos que mais parecem pessoas mortas congeladas. *Será que agora dona Inês vai colocar minha mãe e meu arcanjo ali também para enfeitar sua estante?* Comi um pacote de biscoito de morango inteiro porque eu não rejeito comida, adoro lanchar. Mas quanto mais eu comia, mais me dava uma vontade apertada de chorar, uma dor tão forte na barriga. Então começaram a escorrer de mim muitas águas. Pelos olhos, pela boca, pelo nariz. Eu soluçava como se minha garganta fosse um cano entupido, uma boca de esgoto agora deixando o lodo todo sair. Dona Inês me embalou em seu colo, disse que eu era um anjinho de Deus, uma coitadinha. Dei uma mordida no braço dela e saí correndo. Deus porra nenhuma, gritei, que odeio só de ouvir falar o nome Dele. A vó me encontrou e me levou pra nossa casa, fui pro meu quarto e juntei todas as minhas coisas, ofereci tudo a Ele, com tudo meu Ele podia ficar, até com meus olhos, com minha língua, com meu coração. Eu Te dou tudo, tudinho, falei, toma, é Seu. Mas Deus não quis, é feito esses homens daqui. Mostrei o dedo pra Ele, mostrei a língua pra Ele, mandei Ele tomar no cu. A vó me flagrou, mas não brigou comigo por causa do palavrão, só me pediu para não blasfemar, pois "os planos de Deus são um mistério, viver é confiar". A vó consegue usar essas palavras como ninguém, até parece que foi ela quem inventou. Amor, mistério, amor. "Borda essas palavras em mim, vó?" Ela prometeu bordar e me arrumou para o velório, disse que minha mãe ia gostar que eu usasse um vestido preto e um laço nos cabelos. Estou grandinha demais pra usar vestido e laço, mas deixei.

A vó desfez minhas tranças e colocou um laço preto combinando com o vestido. Ela adora mexer nos meus cabelos, trançar eles, passar creme, desfazer os nós. Quando ela puxava o pente pra quebrar o nó no cabelo, eu podia ouvir o barulho de seu tronco se rachando por dentro, sentia em mim o coração dela, mole como uma manga podre. Depois passei um tempão sentada deixando aquele povo me chamar de coitadinha. Minha turma da escola veio me ver, a tia Marise trouxe todo mundo usando o uniforme da nossa escola, só eu de vestido preto e sapato, estava me sentindo outra, meus coleguinhas separados de mim, eu era a única com uma mãe dentro do caixão e dentro dela um irmão. Mas eles trouxeram uns pirulitos, uns bombons, isso me deixou gulosa, feliz. Comi quase tudo durante o velório, meu coração de repente disparou, eu já agoniada com o vestido coçando no pescoço, queria sair, brincar. Aquele cheiro de flor, de fumaça, aquele povo chorando mais do que as velas que minha vó acendeu. Peguei Sarinha pela mão, a gente é muito amiga, a gente conta muitos segredos, a gente sabe ser feliz. Peguei pela mão dela e falei: "Vamos lá fora ser feliz um pouco, Sarinha?". Ela aceitou e a gente ficou na calçada dando umas risadas bestas, rindo de um rapaz com uma lata na cabeça. Coisa mais engraçada aquele moço magricela vendendo sabão na rua, as chinelas remendadas, um sininho na bicicleta. Fiquei feliz um pouco, depois voltei. A gente enterrou minha mãe mais o Miguelzinho. Coisa ruim é cemitério, todo mundo se arrastando feito uns bois, o povo da rua foi, o padre, a cidade quase toda lá, o sol rachando a gente. Jogaram flores e terra por cima do caixão. Fiquei olhando. Olhei, olhei, olhei. Tudo de repente acabou.

Agora somos só eu, minha vó e meu vô. Estou furiosa com Deus porque ele mirou errado, por culpa Dele aquela bala se perdeu e encontrou bem a barriga de minha mãe. Se Deus não queria dar Miguelzinho pra gente, por que deu? Ele parece os guris aqui da rua. Estou contando pra você porque não consigo falar com minha avó, não quero machucar ela. Minha avó está ali sentada na mesa da cozinha bordando; meu avô sentado na soleira da porta, fumando seu pito, bebendo seu café na canequinha. A pia com uns copos sujos, uma xícara de asa quebrada, pratos com restos do almoço, prometi pra vó que vou lavar, gosto de ajudar ela. Com uma vela acesa ela está com seu bastidor na mão, dentro de uma caixa de sapato sua coleção de linhas coloridas, linhas de toda cor. Está bordando sem pressa *Deus é amor* por cima de uma vaquinha num pano de prato que ela também bordou. Olho pra ela e penso: *por que ela não xinga Deus e briga com Ele como eu fiz?* Uma lágrima pinga do rosto dela molhando a linha da vaquinha que ela desenhou em ponto de marca. Meu avô suspira olhando o firmamento. Firmamento, palavra linda que a vó me ensinou. Olho pra eles e não consigo falar. Parece que tenho um caixão dentro do coração. Como vou dizer pra vó que não quero mais as lições que ela me dá? Todos os domingos de manhã a gente sentava na mesa, o vô saía com minha mãe para caçar passarinhos e a gente ficava em casa, só nós duas. A avó trazia sua Bíblia e me fazia copiar umas coisas que pareciam uns versos muito bonitos. Me ensinava a decorar, a escrever palavras elaboradas. Me fazia treinar, e toda semana eu precisava encontrar no mundo alguma coisa das sagradas escrituras. Eu gostava porque eram bonitas. Bendizer, miserere, alumiar, iluminar, glorificar, esplendor. Palavras que pareciam água doce sobre os meus cadernos de lição. Eu gostava de aprender, gostava de ficar repetindo essas palavras que a vó me mostrava porque elas alcançavam meu coração como música, eu tinha vontade de cantar. Mas agora acabou, não quero mais. Porque elas não serviram pra nada quando pedi a Deus pra devolver minha mãe e o meu irmão. Mas como vou contar isso pra vó? Como vou dizer pra ela que estou de mal com Deus, que nunca mais vou deixar Ele chegar perto de mim? Que nunca vou me esquecer da mãe deitada feito uma boneca naquele chão? Por isso estou contando tudo pra você. Mas agora já vou. A vó me chama, disse que vai me ensinar a bordar o caminho da vida com suas linhas.

Mãe-Jasmim

SUAS ÚNICAS PREOCUPAÇÕES ERAM DEUS E O ALMOÇO, até descobrir que tinha talento para vender perfumes e cremes milagrosos. Ganhava um bom dinheiro, as colegas da igreja eram freguesas fidelíssimas, folheando as revistinhas perfumadas e esfregando as páginas nos pulsos para experimentar as fragrâncias na saída da missa. No fim do mês, pagava as contas e ainda sobrava para comprar para ela mesma um vidro de perfume e um batom. Com sua sacola cheia de revistas, potes e perfumes, passava o dia inteiro para lá e para cá, as pernas desenhadas por filamentos roxos e delgados, finas linhas que, ao fim do dia, inchavam e a faziam ficar de molho no sofá massageando os pés. Adorava sua casa, sua televisão, sua caneca de café. E foi assim, numa noite de repouso assistindo a um programa bobo na tevê, que invocaram-na: "Vem, Cida, vão matar o seu menino!"

Atravessou a porta desabalada. Justo ela, que era capaz de defender o filho de qualquer pessoa; justo ela que não suportava ver um animal sofrer e que chorava só de ver a patinha quebrada de um gatinho na rua; justo ela que deu de mamar a tantos afilhados e filhos de vizinhas; justo ela que pegou briga feia com a dona Guiomar, tudo porque esta despejara as piores invectivas contra Violeta e Geni, as moças do fim da rua que resolveram se casar. Até com o padre brigou, jurou colocar a igreja no jornal, pois o padre foi o primeiro a dizer que não poderia mesmo deixá-las subir ao altar, pois no altar só podem estar pessoas puras. Ficou fula da vida com dona Guiomar e com o padre!

"Que entendem eles de pureza, afinal?"

Desnorteada, tropeçava em pedras, os pés descalços, pois no momento da agonia esquecera de colocar os chinelos. Subiu aquela ladeira como quem escala uma montanha. Onde estaria o milagre? Pousaria em suas mãos como um facho de luz que bate suas asas feitas de lua? Pousaria em suas mãos como estrela de prata no seio daquela noite tão fria? Subiu a ladeira, seu menino estava lá, disseram, iriam pôr fogo nele. Maior do que qualquer milagre eram os olhos de seu filho, duas chamas tão cheias de luz, pura luz. Sentia-o pelo cheiro, o faro apurado, sentia que ele estava perto, muito perto. Bateu na porta do casebre. O rapaz que abriu tinha os olhos atados de susto. Não esperava vê-la ali. Esperava qualquer pessoa, até para a polícia estava preparado, mas não para ela, para ela, não. Não a deixou passar do vestíbulo, iluminado por uma lâmpada já anêmica pendurada por um fio gasto. O rosto dela era grande demais para o rapaz encarar. Guardou a faca na bermuda, tentou esconder nas costas o fuzil. O cheiro do filho dela ficando cada vez mais forte, então ela pediu. Usando a palavra fatal, a palavra que, uma vez pronunciada, é ela, em carne viva, o milagre final. O rapaz tinha agora o coração atado de susto. Sem viés. O que fazer com aquela mãe implorando, corpo a corpo, pela vida de seu filho? Se o tivessem matado minutos atrás, o teriam deixado ali carbonizado e, sem culpa alguma, beberiam uns bons goles à luz da lua, seus tiros de fuzis seriam estrelas disparadas ao céu. Mas agora era tarde. Corpo a corpo com aquela mãe, corpo a corpo com o que, de repente, viu nascer dentro dele mesmo, ele que já matara tantos outros filhos de tantas outras mães. Que pedra era aquela agora? Por que ele tinha uma vontade louca de gritar? Engoliu a pedra. Corpo a corpo com uma mãe, "puta que pariu!".

Ela pegou o filho, não olhou para trás. Já havia ido buscá-lo em outras bocas, mas essa fora a primeira vez que quase o vira morrer. Em casa, o rapaz prometeu parar; pagaria a dívida com a grana dos perfumes e dos cremes que ela vendia. Estava tudo acertado já. "Esquenta não, mãe", disse e deu-lhe um beijo na testa, bajulando-a, aliviado, como se tivesse onze anos outra vez. Ela, que adorava sua televisão, não tinha nervos para distrações, preferiu desligá-

-la e ir sentar-se sozinha no portão de casa, os pés feridos, em carne viva. A madrugada estava fria. Ela mirava o céu em busca de alguma luz e buscou, insone, até o sol começar a desabrochar no alto da rua. Sobre o murinho de pedra de grés viu quando os passarinhos acordaram, um deles pousou afainado no pé de carambola da vizinha. Viu as borboletas acordarem como florzinhas em pencas, tudo tão vivo e em perfeito contraste com o desconsolo tão pungente que sentia. Como salvar para sempre seu filho? Chegaria a tempo na próxima? Teria de trabalhar dobrado, vender muito mais, tornar-se a rainha dos perfumes e cremes para não deixá-lo sem pagar os donos da boca outra vez. *Por que insistiam?*, perguntava-se, admirada com a volatilidade das borboletas eletrizando a vida dia a dia, *por que as borboletas insistem enquanto sofremos neste mundo de desolação?*

"Por que a senhora está triste?", perguntou um bêbado que passava cambaleando. "Nesta manhã bendita de domingo, quando Deus põe a mão sobre a vida, tudo se resolverá", o bêbado completou recitando e foi embora. Ela entrou, tomou banho, vestiu uma calcinha de algodão com desenhos de jasmins, tão menina, tão sozinha, querendo ser filha de alguém outra vez. Enquanto o filho dormia tranquilo no quartinho, pegou a sacola com as revistas, os perfumes e os potinhos de creme. Assistiria à missa das sete horas, aproveitaria para vender. Colocou alguns grampos no cabelo, espichou água sobre as plantas e bateu o cadeado no portão. Seguiu desgraciosa em seus tamancos carregando sozinha aquele amor de pedra nas costas. Duas borboletas amarelas a acompanhavam e, eletrizantes, volatilizavam o caminho de pedras para ela passar.

Não te lembro macia,
mas pelo teu amor pesado
eu me tornei
uma imagem da tua carne que já foi delicada
partida em esperanças traiçoeiras...
Mas eu descasquei a tua raiva
até o cerne do amor.

AUDRE LORDE[1]

---

1. Cf. LORDE, Audre. "Mulher negra mãe". *Entre nós mesmas: poemas reunidos.* Trad. Tatiana Nascimento. Rio de Janeiro: Bazar do Tempo, 2020.

A pomba

SABÍAMOS DO QUE TEREZA ERA CAPAZ. VIVÍAMOS NUMA casa de mulheres e ela, a mais velha, era o vergalhão que mantinha tudo de pé. Nossa mãe, doente, que de tantas filhas envelheceu rapidamente como uma banana, já não dava conta. Por isso, era Tereza a mão de aço a defender nosso pão. Eu amava Tereza sem saber que aquele pássaro que eu carregava dentro de mim era amor. Venerava-a como se ela levitasse sobre nós, uma santa. Santa de espada e chicote à mão, pois era com rigor que nos adestrava. Eu vivia apegada às suas saias, me humilhando sem nenhuma vergonha por sua proteção, aceitando qualquer coisa que ela me desse, e o pouco que me dava já era alimento para meu coração.

Era Tereza quem banhava as mais novinhas, esfregando-nos e ensaboando-nos sem gentilezas, os movimentos rudes e ágeis; penteava-nos, uma a uma, em fileira, e puxava nossos cabelos com tanta força que parecia arrancar raízes da terra. Eu tinha muito medo de perder a cabeça e segurava firme o pescoço quando chegava minha vez de ser penteada. Os cabelos encarapinhados, cheios de nós que ela desfazia habilidosa, o pente cantando entre os fios pretos. Ao final, nos colocava diante do espelho e eu, apaixonada, me sentia uma rainha, a cabeça desabrochada numa nuvem de borboletas. Ai daquela que reclamasse! Tereza dava logo um safanão, um beliscão de arrancar o couro, um tapa bem no meio da cara. Apanhamos tantas vezes de suas mãos. Surras de cinta, vara de bambu, bainha de facão. As mais espertas fugiam, se escondiam até sua raiva passar. As mais medrosas, entre elas eu, entregavam-se logo com medo de uma punição pior. Entregava-me ao sacrifício e a surra vinha em golpes impiedosos, palavrões que me marcavam mais do que a ponta de uma fivela. Tereza era habilidosa em castigar, sabia como ninguém colocar medo, nos fazer obedecer. Comandava aquela casa sem perder um instante de domínio. Era o tempo todo sua grande mão sobre nós, ensinando-nos a arquitetura do cotidiano sem ternuras, guiando aquele bando de meninas por caminhos de pedra, quase sem nenhum carinho ou flor. Ainda assim eu a amava, mesmo sem saber que aquele pássaro louco e faminto dentro de mim era amor. Passava o dia inteiro seguindo Tereza, franzina, abobalhada, a mais feinha das irmãs, quase muda, eu só sabia chorar e assoar o nariz com as costas das mãos. Era doente, mole das pernas, tinha desmaios misteriosos que Tereza, com as palmas das mãos, foi quem curou. Levou-me num terreiro certa manhã, Mãe Tita a seu lado encantando e guiando as palavras, as ervas sobrevoando minha cabeça, um cheiro mágico de alfazema e flor. Eu de olhos bem fechados, que para ficar de olhos bem fechados Tereza me ordenou. Mãe Tita explicava como se Tereza fosse sua aprendiz, e eu ali sentadinha querendo desmaiar outra vez, que os desmaios eram um, dois, três por dia. Era um mistério! Eu apagava assim como se apaga uma plantinha dormideira, ou como se apaga de repente uma luz. Mas desta vez Tereza não deixou. Com as palmas de suas mãos me banhou e, de repente, senti que eu era uma chama acesa. A cada toque das mãos de Tereza meu corpo acordava, eu querendo saltar, brincar. Mãe Tita sentenciou: "Agora essa menina não desmaia mais". Saímos de lá alegres, Tereza sorrindo, e era raro demais Tereza sorrir.

"Vem comigo buscar alguma coisa pro almoço", ela falou numa bifurcação, quando voltávamos do terreiro de Mãe Tita.

Ser convidada a ir com ela buscar comida era o mesmo que ser escolhida entre mil. Senti uma alegria tão grande que chegou a me machucar. *Era o pássaro dentro de mim querendo voar?* Logo eu, a mais franzina de todas, a mais bobalhona, a mais medrosa, fui a escolhida. Aceitei e estufei o peito como se vestisse uma armadura. Tereza segurou minha mão e deu um puxão que quase arrancou meu braço magricela. Peregrinamos pelas ruas à cata de qualquer coisa, mas estava difícil arranjar algo que desse para todas nós.

Desta vez, ela não queria restos, muxiba, batatas cheias de feridas que ganhava na feira. Queria nos dar algo mais substancioso, queria celebrar minha cura com umas salsichas, um frango gordinho talvez. Havia dias em que Tereza voltava de mãos vazias e íamos todas dormir com as lombrigas brigando. Ai de quem reclamasse! Ela dava logo um grito, sua voz ribombante estourando as ripas e o telhado da casa feito um trovão.

Mas naquela manhã demos sorte. Tereza encontrou com seu Abel. Ele lhe disse para irmos até seu quintal, pois havia algumas pombas e, se ela quisesse, poderiam negociar. Tereza seria capaz de tudo para não voltarmos para casa de mãos vazias. Éramos muitas meninas, muitas bocas para ela alimentar. Foi até o quintal de seu Abel, eu atrás farejando seus passos. Ele deu o preço. Tereza me pediu para esperar na porta. Fingi obedecer, mas era grande demais a tentação, então fiquei ali de tocaia, me esgueirando para não ser vista. Ela tentou negociar, pediu a seu Abel para ponderar, afinal, todas nós dependíamos dela para comer, e se ele quisesse ela passava lá depois, lavava uma trouxa de roupa para ele, era lavadeira boa. Ele, irredutível, negociador ganancioso, não aceitou, o preço estava dado, era pegar ou largar, e já foi tirando o cinto, crescendo diante dela como uma naja. De joelhos, ela pagou o preço exigido pela pomba. Eu espiava Tereza ali ajoelhada, seu Abel de olhos fechados como um santo em estado de levitação. O pássaro que vivia dentro de mim sufocava, queria irromper do meu peito, arribar e pousar sua luz no coração de

Tereza. Mas não deu tempo. Seu Abel gritou de prazer, empurrou Tereza, e o pássaro dentro de mim morreu.

Na volta para casa, durante todo o caminho eu a acompanhava silenciosa e claudicante. Na sacola de pano, a pomba se debatia, tentando se libertar da cordinha que, em apertado laço, amarrava seus pés e asas. Em casa, Tereza tirou a pomba da sacola de pano e sangrou-a no pescoço sobre a pia de cimento. Nós, as menores, fechamos os olhos, deixando apenas uma fresta para espiar. A pomba espichou uma fita fina de sangue ao toque letal da faca, o pescoço pendeu molenga, os dois olhinhos abertos congelaram, o bico enrijeceu. Tereza limpou e depenou o animal com a mesma aspereza com que penteava nossos cabelos, puxando indiferente pena por pena. A cada pena arrancada colocávamos as mãos sobre a cabeça, sentindo de perto a dor. Assou e serviu a pomba avisando que cada uma de nós poderia comer apenas um pedacinho. A pomba reluziu apetitosa, sua carne se abriu numinosa sobre a mesa. Tereza ordenou que uma de nós começasse a oração. Lá em casa era assim, nenhuma côdea de pão entrava na boca antes de fazermos a oração. Eu, tartamuda, a mais bobalhona, fui a escolhida da vez. Tinha muito medo de errar, pois Tereza dava um tapa na boca de quem não dissesse bem as palavras, fazia questão de nos ensinar. Comecei:

"Ó Virgem Santinha, mãezinha de todas nós, protege a cada uma, somos suas filhinhas, noivinhas castas e puras do Senhor. Amém."

Tereza ficou satisfeita, elogiou minha habilidade com as palavras. Disse que, apesar de bobalhona, quem sabe um dia eu virava poeta. Recebi o elogio como um afago, sua mão quente fazendo uma carícia em mim. Partiu os pedaços, distribuiu-os entre todas nós. Esfomeadas, devoramos a pomba, deixando sobre a mesa apenas os ossinhos que, de tão miúdos e finos, pareciam espinhos. Comemos com graça e amor, e só eu vi os espinhos espetando, sem piedade, a carne de Tereza, enquanto seus olhos pingavam sangue sobre a toalha branca da mesa.

Valenzuela

AMAR ALGUÉM NÃO É NADA MAIS DO QUE DESEJAR BEM À pessoa. São Tomás de Aquino. É o que vou responder quando me perguntarem por que fiz o que fiz. Tantos anos trabalhando em casa de família, você não pode imaginar as coisas que já vi. Essa gente pensa que nosso mundo gira em torno deles, como se eu não tivesse mais o que fazer! Perder esse tempão todo aqui, até minha carteira de identidade eles recolheram, estão lá preenchendo a papelada antes de eu entrar. Nunca pisei os pés numa delegacia, veja só essa agora! Mas tudo bem, estou por conta, tenho a consciência limpa. Você veja o absurdo, eu aqui esquentando essa cadeira justo hoje, aniversário da minha sobrinha Catita. A pobrezinha está sem a mãe, acabei pegando ela para criar. Às vezes penso na minha irmã. *Onde será que está?* Pois então, prometi a Catita preparar um bolo de creme com morango, comprei até morangos fresquinhos para colocar em cima. Estou aprendendo a cuidar dela, sempre cuidei dos filhos dos outros e agora Catita só tem a mim. Eu bem sei como é, já fui menina assim. Mas é como eu dizia à senhora, tantos anos trabalhando em casa de família, lavando roupa pra fora, acabei acostumando a fechar meus olhos. As patroas ficam ariscas quando a gente fica mais íntima. Dizem: "Valenzuela é quase da família", mas são palavras vazias, é o avesso delas o que as patroas dizem ali. Um abuso, ainda acham que não tenho o que fazer. Dia desses mesmo dona Déa perguntou toda descarada: "Valenzuela, você pode ir comprar uns pães para mim?". Eu já estava pronta, perfumada e de bolsa pendurada para pegar minha condução. Você não sabe as coisas que tive de ouvir porque falei: "Posso não, dona Déa, se perco o ônibus das dezessete, só chego em casa uma hora depois". Povo folgado, parece que sonham que têm o chicote na mão. Mas comigo não, violão! Tenho o coração mole, mas coisas assim eu não engulo. Por isso não consegui fechar meus olhos dessa vez. Como pode, você me diga, ninguém ter visto uma coisa daquelas? Comecei a desconfiar porque tenho olhos atrás da cabeça. Conheço a casa de dona Déa de cor, cada pedacinho, cada objeto. É horrível passar tanto tempo assim na casa dos outros, acabo me acostumando a ser mais funcionária do que Valenzuela, por isso aproveito tanto minha casinha depois, passo a noite arrumando, perfumo ela, coloco flores, mudo os objetos de lugar até ficar bacana, até eu poder deitar e esticar as pernas, eu toda rainha, dona do meu lar. Mas como eu ia lhe dizendo, todo dia aquela história de "onde está a menina? Onde está nossa pequena?". Onde já se viu! Mal chegava, antes mesmo de perguntar por dona Déa, já queria saber da menina. Nunca gostei dele. Aquela cara grande, cara de cavalo, sempre usando uma boina, alto feito aqueles homens do estrangeiro. Chegava a qualquer hora do dia, mesmo quando a patroa não estava. Sentava na poltrona, me pedia um copo de cerveja, depois um café. Andava pelo apartamento como se procurasse alguma coisa, entrava e saía dos quartos como uma serpente. Dona Déa achava ele o máximo e dizia assim: "Homem chique, Valenzuela, fuma charuto, ouve Mahler". Porra nenhuma! Enquanto eu retalhava os peixes na cozinha, ela ficava lá deslumbrada com seu homem. Naquela casa todo mundo finge que o outro não existe. O menino, o mais velho, passa os dias trancado no quarto fissurado em videogames e vídeos de putaria, não sei como não gastou ainda suas punhetas, está magro, o rosto chupado, pobre rapaz, um caniço só. A avó, que tem mania de gastar, passa os dias no shopping olhando vitrines, comprando maquiagens e blusas baratas de cetim. Ela é hipocondríaca, tem medo panofóbico de morrer. A mulher é um repositório de doenças inventadas. Todo dia me pede um chá, uma erva para curar suas loucuras. Ficou deslumbrada com o novo namorado rico da filha, agora viu só no que deu. Por isso eu fico besta com a cegueira dessa gente: como é que ninguém percebeu? Se uma coisa dessas acontecesse com Catita, eu faria mil vezes igual. A moça aqui da delegacia disse que errei, que deveria ter buscado ajuda. Mas a ajuda ali fui eu. Não me arrependo. Estaria mentindo se dissesse que me arrependo, Nossa Senhora conhece bem meu coração, se eu mentir, ela será a primeira a saber. Passei os últimos três anos cuidando daquela menina, penteando seus cabelos, arrumando seu uniforme, sua lancheira. Naquela casa me fazem de tudo: faxineira, psicóloga, cozinheira, babá. Mas da menina eu gosto mesmo, sabe? Meu coração gosta de amar; às vezes, passando perfume nela, ou ajudando no dever, sinto a presença de Catita. Você veja, o tempo que eu poderia dar à Catita preciso dar aos filhos dos outros, às meninas dos outros. Por isso o que fiz, fiz com gosto. A menina é uma gracinha, adora desenhar, ver televisão. Uma vez encontrei um gatinho abandonado e pensei: *a menina de dona Déa adora bichinhos, vou lhe dar de presente.* Levei o gatinho, mas, sem jeito para cuidar, na primeira noite a menina quase o matou. Pela manhã, estava eu logo cedo tentando salvar o bichinho. Sufocava e eu esfregava o polegar sobre seu peito, tentando ressuscitar seu pequeno coração. A menina chorava desesperada, e coisa que me mata é ver uma criança chorar assim de medo, acho que é porque eu também sei o que é ter medo. Garanti: "Fica assim, não, vou salvar ele". E salvei. Falando desse jeito até me sinto um pouco a dona do mundo, é muita pretensão? O gatinho voltou à vida, você acredita? Acordou como se despertasse de um sonho. Está lá até hoje brincando pela casa. E foi o danado do gatinho que, silencioso como uma sombra, me mostrou o caminho. Me guiou até o quarto da menina, o maldito lá, pronto para dar o bote. Você imagine do que é capaz uma mulher segurando uma faca na mão. Eu estava talhando os bifes um pouco antes, na cozinha, quando o gatinho me chamou. Repartia os pedaços atravessando com o gume afiado, sem dó, sabendo exatamente onde cortar; e carne dura a gente corta no sentido contrário às fibras, basta manter a lâmina da faca em um ângulo de noventa graus, o sangue escorre grossinho e o resultado é impecável. Por isso não me arrependo do que fiz. Só espero chegar a tempo em casa para preparar o bolo de aniversário para Catita, antes que os morangos que comprei estraguem. Morangos são frágeis demais.

O pai

ERA O DIA DE SEU ANIVERSÁRIO. MAL DORMIRA, DEPENDU-
rada sobre a janela, contando as estrelas que se espalhavam na
pele da noite. Da mesma janela, via agora a luz da manhã se
alargando sobre o remanso, sobre o pasto molhado, abrindo
os olhos dos marrecos, das galinhas, dos pássaros, dos bois, das
flores. Tudo que era vivo aquela luz fazia acordar. O cheiro de
estrume temperava o ar, vinha misturado ao cheiro de terra
molhada, chuva fina da madrugada. *Onde estava o pai?* Pulou a
janela porque pular janelas era seu pequeno prazer, sua modes-
ta aventura, um modo de introduzir a magia em seu dia. Pulou,
deu a volta e, descalça, entrou pela porta da frente cruzando o
vestíbulo como um animal íntimo da casa. Entrou dando ro-
dopios, um peão que foi parar logo na cozinha onde a velha
cozinheira acendia um facho de lenha. Aquele facho acendia o
sonho na casa, como era lindo o fogo, em puro espírito, crepi-

tando! *Onde estava o pai?* Não esperou a cozinheira responder, foi caçá-lo por toda a casa, "pai, pai, ôôôô pai!". Será que ele estava nos fundos cuidando dos passarinhos? O pai tinha um viveiro cheio de gaiolas, parecia um museu onde guardava diversas espécies de pássaros. Ela nunca gostou de coisas engaioladas, tinha pavor de prisões. Eram as gaiolas o único motivo de briga entre filha e pai. Ela, ousada, desafiava-o e abria as gaiolas, deixava de propósito os passarinhos voarem. Se o pai estivesse no viveiro, ela pediria de presente a liberdade de um passarinho naquele dia, ele não seria capaz de negar. Mas o pai não estava lá. Foi então até o curral, onde as vacas ruminavam com seus olhos pastosos e doces. Gostava das vacas, tinha o dom de conversar com elas, tinha muito carinho por elas. Gostava de apalpar o úbere bojudo delas, aprendendo naquele gesto a tocar o seio do mundo. Aprendera cedo a ordenhá-las, a extrair delas o leite fresco para a produção dos queijos da fazenda. Gostava de abraçá-las, mimá-las. Ali, com as vacas e os bois, que dos bois também muito gostava, treinava sua própria animalidade, deixando seu espírito chegar perto, muito perto daquilo que era, aparentemente, mais animalesco do que ela. Vivia horas junto às vacas e aos bois brincando de ser sua igual. Mas agora não tinha tanto tempo, queria apenas encontrar o pai. Onde ele estava? As vacas não sabiam, mugiam e ruminavam. Saiu à procura do pai pelo pasto. O sol movia lentamente o mundo de lugar e ela a procurar pelo "pai, pai, pai, ôôôôô pai". Acariciando as pregas da camisola de linho branco, franzia a testa e apertava os olhos, a mão tentando protegê-la das carícias do vento misturado à luz fina e cortante da manhã. Buscava o pai no horizonte. "Pai, ô pai!" Sua voz rebentava entre as pedras, entre os morros, entre os remansos, abria fendas no céu. Ecoava como o dia se abrindo sobre o mundo. O pai era cheio de artimanhas, deveria estar preparando alguma surpresa. Ele era assim, sempre cheio de mimos, devotado ao amor daquela pequena filha a quem era capaz de oferecer toda coisa bela que o mundo já produzira. Como na semana anterior, faltando ainda alguns dias para o aniversário da menina, ele entrou pela porta com a caixa de madeira cheia de furos. Chamou pela filha esticando um diminutivo, "ô minha queridiiiiiinha!". Ao ouvir, ao longe, a voz do pai, saltou da cadeira, largou a fatia do bolo que comia e, desbravada, correu para arrebentar as cancelas e adentrar o mundo do amor. Correu até a sala já perguntando o que o pai trazia na caixa de madeira. Ele então abriu a caixa, dela retirou a forma emplumada, amarela, delicada. Abriu-a diante da menina que, de olhos apaixonados, amou o filhotinho de marreco enquanto abraçava o pai. Naquele abraço, segurava o filhote de marreco entre seu peito e o peito do pai. O filhote era quente, uma vida a bater entre os dois. Lembrando-se disso, ela imaginava os mil presentes que o pai deveria estar preparando. Pelo pasto, gritava: "Pai, ô pai", mas ele não aparecia. Embrenhou-se então pelos recônditos da fazenda, andava pisando nas pedrinhas, atravessando o riacho, a água fria brincando com seus pés, as piabas fazendo cócegas entre seus dedinhos. *Onde estava o pai?* Ouviu então a resposta, um som diferente a chamou. Um som confuso, águas batendo em pedras. Avistou o cavalo do pai, um alazão rosilho enorme, lustroso, vigoroso. O animal sempre lhe dera medo, o mais bravio da fazenda, só o pai conseguia montá-lo. Então o pai estava por ali? Foi se aproximando com cuidado, não queria chegar muito perto do alazão, tinha medo de levar um coice, ser esmagada por ele. Por que Mocinha estava gritando daquele jeito? Por que o pai estava por cima dela como se tentasse montar seu alazão? E por que o pai fazia aquele barulho feio como se fosse um animal matando alguma coisa? Quis gritar "ô pai, assim você machuca a Mocinha, sai de cima dela, deixa ela! Mocinha, vem ficar comigo, vem brincar". Antes de gritar, Mocinha atirou sobre ela dois olhos em pânico que o pai tentou segurar antes que atingissem a filha. Mas era tarde. A menina tinha os pés frios e pálidos, segurava dentro do peito os olhos atordoados de Mocinha. Aqueles olhos gelatinosos palpitavam e confundiam seu coração. Mocinha aproveitou, recolheu seus restos e correu. O pai relinchou, a filha não deveria andar por aqueles lados da fazenda, disse já ajeitando a sela e os arreios de seu alazão. Ela quis explicar, queria que ele fosse o primeiro a lhe dar os parabéns, ele prometeu que iria levá-la para pescar, prometeu que aquele dia seria mágico, especial. Iriam nadar juntos, colher flores, fazer um buquê, ele mesmo jurou, tinha muito jeito com flores aquele pai. Montando no cavalo, ele lhe pediu a mão que ela, pequenina, entregou. O homem ajeitou a menina com cuidado na garupa e fez um muxoxo para o alazão trotar. Ela agarrou a cintura do pai e fechou bem os olhos. A vida esporeou.

Suspiros

ENTRE AS GRADES DESSE LUGAR PROCURO COLO, MAS NÃO acho, ninguém me ouve, pois não há ninguém, dentro de mim há uma gaiola onde eu mesma coloquei meu coração, nele está cravado aqui se faz, aqui se paga, e pago o preço de um erro fatal, logo eu que tão cedo fui chamada de tia Lurdinha, que ainda pequena, na porta de casa, recebi do pai o embrulho com um presente especial. O pai me amava, era capaz de ir ao céu por mim, ele era um pássaro, um avião, o pai sabia sonhar para eu existir, foi ele quem trouxe do céu o presente, foi mesmo, ele jurou. Era piloto de avião, de uma de suas viagens trouxe a lousa e a caixa de giz, a meninada da rua juntou toda para me ver segurando o giz, já brincava de ser professora, fingia ensinar, mas ensinar o que, afinal, se eu mesma nada aprendi?

Quando me perguntaram "como tudo aconteceu?" fiquei burra na hora, não sabia o que responder, apenas balbuciei "sim, senhora, a culpada sou eu", aquela gente toda como um paredão diante de mim, a juíza me pedindo para relatar detalhadamente o fato, a palavra fato me enforcou, a cabeça pendeu e rolou no chão, contei tudo, refiz aquele dia, era um dia normal, um dia de sol, as pitangueiras do meu quintal respiravam o delicioso ar da manhã, estava tudo pronto, eu não voltaria atrás, preparei os suspiros na noite anterior, bati as claras em neve usando um garfo, que para as claras ficarem bem delicadas e levinhas é preciso usar o garfo e bater numa inclinação acelerada, mas gentil, num ritmo que acompanhe as batidas do coração, pus açúcar, baunilha e corante, tudo que é colorido atrai mais, as cores põem beleza no mundo, disfarçam nosso mal, acrescentei o toque final, meu ingrediente secreto, fatal, coloquei os suspiros sobre a mesa, peguei uma linda caixinha, até laço de fita arrumei, a delicadeza engana, quanto mais doce maior a dor no fim, guardei a caixinha, esperei amanhecer, de olhos na cumeeira, por um instante, algo me tentou, devo continuar? A voz de um anjo, de um pássaro. A voz de Deus a me tentar naquele deserto, naquele abismo. Devo? Mas dentro de mim havia o corpo de um homem morto lambendo e comendo o cadáver de uma mulher, essa mulher gemia, se debatia e me arranhava por dentro querendo fugir, dentro de mim eu carregava os dois, não conseguiam parar, quanto mais gozavam mais tiravam meu ar, num caso assim é morrer ou matar, então me arrumei inteira, pus até batom, fui para a escola, as crianças me receberam como sempre: "Tia, tia, tia, hoje a gente vai ler o quê?". Estávamos lendo um conto africano, uma história mágica, cheia de mistérios, noite estrelada e um buraco que se abriu no meio do mundo de uma menina chamada Nanci. "Tia, tia, tia" eram como cachorrinhos latindo por mim, querendo me amar, querendo ser meus, e eu os tinha à roda, gostava de cantar para eles: "Ciranda, cirandinha, Vamos todos cirandar." Às dez em ponto, o sino tocou, chamei por Gabriel, ele atendeu, chegou perto de mim, "pode falar, tia Lurdinha", dei-lhe então a tarefa, um segredo só nosso, era disciplinado, o mais valente entre nós, como um pequeno guerreiro recebeu a ordem e prometeu cumprir, "juro que não vou abrir, tia", disse beijando os dedinhos cruzados diante de mim, arrematando o juramento com um abraço de anjo. Eu sempre soube que a recepção da mensagem depende muito do mensageiro, e quem recusaria presente vindo de tão inocentes mãos? Gabriel, Gabriel, lá foi ele com suas asas entregar o presente que eu mandei, estava tudo combinado, ele mentiria por mim, diria apenas "a senhora ganhou esses docinhos", mas, ó meu Deus!, como é ardiloso o destino, cheio de fios, emaranhou os caminhos e, numa encruzilhada, me enganchou para sempre com Gabriel, naquela encruzilhada o fio cruzou e recruzou, dando um imenso nó. Gabriel abriu a caixa. Era tão delicada que ele não aguentou, quebrou o juramento, os suspiros exalavam o cheiro do açúcar mais puro, coloridos, delicados, uma caixa cheinha deles, enfiou-os na boca, um, dois, três suspiros ele comeu, foi o que me disseram ao encontrarem a caixinha no chão, Gabriel sufocado, estourando de dor. Quando dei por mim, estava zonza, louca, perdida. Inquiriram-me, mas eu não soube o que responder, fiquei burra na hora. "Gabriel, Gabriel, onde está você?", era só o que eu sabia falar. Não chegou a cumprir a tarefa, a mulher com quem meu marido estava se deitando nem sequer chegou a receber o presente que mandei. Eu estava louca, meu Deus, quando tudo isso eu fiz? Busco uma resposta, mas não há nem uma pista sequer, carrego dentro de mim o corpo morto de Gabriel como uma grávida sem barriga, prenha de morte; tenho pesadelos todas as noites, mas ontem foi diferente. Sonhei que dentro de um sonho eu fechava os olhos e me procurava gritando "onde estou eu?". Ninguém respondeu, pois não havia ninguém. Só uma mão pequenina que se abriu para me alcançar. "Gabriel, é você?", perguntei, "não", a voz respondeu, "sou eu". Dentro do sonho abri os olhos e vi, vi como se vê através de cristalina água, eu era tão pequenina, o coração leve e bonito, estava sorrindo, pois era uma criança e só por ser criança sorria sem culpa, sem peso, sem dor, sorria sem erros nas costas, sem a mão de um homem sobre mim. No sonho, eu era toda criança, menina inteira, pura da cabeça ao dedinho do pé.

Acordei rindo, a água do meu coração estava limpa. Me aconcheguei no fino lençol, levei as mãos ao peito, estava tão bom ali. Quem me dera poder sonhar assim todos os dias. Da cela, vi o sol aberto lá fora, quis muito, quis demais voltar para mim. Fechei os olhos um instante. O mundo era puro silêncio. Por dentro vi apenas um pedaço de luz se desprender do ar e

sem ruído

voar pelas grades pousando

numa sombra bem perto

de mim.

Avó

EU DURMO, MAS MEU CORAÇÃO VIGIA. Estou bordando essa passagem em um dos paninhos para Inês. Ela fez encomenda vultosa, um paninho para cada dia da semana, diz que quer me ocupar, perguntou como estou. Quando ela falou, vi em seus olhos o medo da resposta, fiquei olhando pra ela um tempo, ela toda dura como se meu olhar fosse um arpão. Estou indo como Deus quer, respondi pacienciosa, e voltei pra casa carregando as sacolas da feira, Inaê do lado com as caixas de linhas coloridas. Tenho muito o que bordar, panos de prato, toalhinhas, uma

colcha para dona Safira. Dou conta da casa, ajudo Inaê com os deveres da escola, limpo, passo, cozinho. O Zé me ajuda, é um homem que sabe dividir o peso da vida. Arruma as cordas do varal, põe a roupa para quarar. Inaê fica lá no pé dele, finge que os lençóis são as asas de um enorme pássaro para ela voar. Ele também me ajuda a cuidar dela, segura minha mão para eu dormir. Quase não fala, silencioso como uma pedra, gosta mesmo é de seu pito e seu café na canequinha, fica pelos cantos da casa inventando o que fazer. Uma hora é trocar as lâmpadas, outra hora é trocar as telhas, mexer nas ripas da casa, bater cimento por cima das rachaduras como se assim consertasse as rachaduras do nosso coração. Deixo porque sabemos que a vida vai rolando e que é triste, mas verdadeiro o dizer: vive-se apesar de. Inaê ontem me disse que, desde o dia em que viu a mãe morrer, sente que tem um caixão dentro do coração. Coitadinha! Como pode uma criança carregar um peso assim? Faço tudo por esta neta, entreguei a ela meu coração desde o dia em que nasceu. Não é fácil ver seus olhos assim fechados, como dois buracos onde guarda um segredo. Sinto que ela quer, mas não consegue me falar, seu silêncio é uma miúda flor que não desabrocha. Eu lhe disse "desabafa com a vó, meu amor", mas ela não aguentou, saiu correndo dizendo que ia brincar. Na missa, todos querem saber como estou suportando. Respondo sempre, invariavelmente, "estou indo como Deus quer". Ninguém acredita, não entendem, esperam de mim a ferida aberta sangrando e crescendo como um câncer. Câncer já tive dois, passou. Que querem que eu diga? Que todos os dias a dor é nova como pão fresquinho? Que me arrancaram o barro do corpo e da alma? Que me tiraram nacos de carne que não voltam mais? Encho a casa de flores, abro as janelas, atiro a poeira na calçada com a vassoura enquanto o sol limpa os restos da minha cara cansada. Recolho os cadernos de Inaê do chão, os lápis de cor, as peças do quebra-cabeça que ela sempre tem preguiça de montar. Procuro na minha Bíblia as palavras certas, recito todo dia um versículo, cato qualquer coisa lá, tudo serve quando nada mais serve. Leio e suplico: "Protege-me como a menina dos teus olhos; esconde-me à sombra das tuas asas".

Inaê está inquieta, sinto que há algo em sua garganta que ela não deixa sair, tento então lhe ensinar. "Pega o bastidor, agora faz assim, enfia a agulha aqui, depois puxa devagarinho, agora enfia aqui, o ponto se faz assim ó". Quero que ela aprenda a bordar, quer ser veterinária, como a mãe, mas preciso que aprenda a bordar. Dentro do bordado lhe mostro a vida, lhe ensino os caminhos. Ela é jeitosa, às vezes fica impaciente, mas é muito curiosa, adora aprender. Não sai de mim o que ela me disse ontem: "Tenho um caixão dentro do coração, vó". Contei para o Zé. Na cama, antes de adormecer, eu deitada sobre seu peito, falei: "Temos de dar um jeito de essa menina não sofrer tanto". O Zé me acariciou os cabelos, disse que adora meu cheiro de alfazema. Ajeitei a camisola, a camisola com fundo estampado de margaridas. Ficou ali calado alisando a alça da minha camisola com seu dedo grosso contando as pétalas das margaridas, *mal me quer, bem me quer*. Dormimos e, quando acordei, lá estava ele, no quintal, fazendo umas pipas com Inaê. Pipas coloridas, pipas de toda cor. Passaram o dia fazendo pipas. Saíram, logo os guris da rua chegaram, pediram uma pipa também. Virou festa na minha calçada. Todo mundo desceu a ladeira, eu daqui olhando as pipas se destacando coloridíssimas no azul da tarde, brincando como passarinhos. Me perguntam como estou aguentando, como pode Deus castigar assim uma mãe. Sento na minha cadeira de balanço, bastidor à mão, minha caixa de linhas coloridas, uma caneca de café, um vento bom passa, me assanha os cabelos. Daqui, olho o firmamento, Inaê, o Zé mais as crianças da rua, as pipas brincando no céu, elas voam presas por um fio quase transparente. O fio!, digo espantada como se Deus me espetasse o peito com seu aguilhão. O fio! Em ponto de marca guardo todos no meu bordado, sou eu a conduzir o fio, a segurar as pipas coloridas no céu.

Um amor

ENCONTROU A CADELA CORRENDO DESABALADA NO MEIO da rua. Quase a atropelou com a bicicleta. Parecia perdida, faminta, tinha sede, muita sede. Largou a bicicleta na calçada, arrumou um punhado d'água. A cadela, inocente e amorosa como alguns animais conseguem, instintivamente, ser, abanou o rabo, empinou as orelhas e lambeu as mãos que lhe ofertavam água fresca. Aquela menina tinha um gostinho agridoce, a cadela logo sentiu. A partir desse primeiro gesto de confiança, esperou diante da menina. Fitaram-se como se ambas aguardassem da outra o primeiro passo. A menina então a examinou. Não tinha coleira, era uma linda vira-lata de porte médio, olhos cor de água-marinha, pelo da cor de caramelo e uma vivacidade magnética. A cadela exalava um tipo de alegria peculiar, um estado de espírito particular, como se fosse o único ser na face da terra a possuir aqueles olhos e aquela energia. A menina não resistiu. Foi amor à primeira vista. Havia sido capturada pelo acaso daquela cadela cruzando, doida, a rua.

"Você quer ir comigo?"

A cadela abanou o rabo, arrebitou as orelhas, latiu. Era o tipo de animal capaz de se entregar a quem lhe desse qualquer brecha de carinho. A menina, de joelhos, amaciou-lhe as orelhas, tocou-lhe o focinho gelado, rolou com ela no chão. Nunca duas almas se sentiram tão conectadas como aquelas duas. A menina então decidiu: levaria a cadela para casa. Pegou a bicicleta e, fazendo um *piscpiscpisc*, chamou a cadela. As duas seguiram pela calçada, a menina empurrando a bicicleta, a cadela saltitando e cheirando as flores e os postes pelo caminho. Quando chegou em casa, a menina já articulava mil explicações, precisava convencer a mãe daquele amor, mas bastou uma frase.

"Eu até já pensei num nome pra ela, mãe. Vai se chamar Filó, como a vovó."

O argumento foi certeiro. A frase atingiu o coração da mãe como o toque de uma saudade tranquila, uma saudade gostosa que repousou ali e ficou. A mulher pareceu viajar no tempo, virou criança outra vez. Filó, o nome de sua mãe, Filó, o nome aconchegante de sua mãe. A menina era mesmo danada! Trouxe para casa uma cadela e instaurou no centro do coração da mãe um presente. A cadela era a presença viva da vovó Filó, encantada há três anos. Como recusar? Pois bem, a mãe disse, e aceitou a cadela que, parecendo ter sido feita para aquela casa, logo se acomodou. Filó, em poucos dias, era o xodó de todos. Primos, tias, vizinhos, todo mundo amava Filó. A mãe, claro, precisava lidar com as consequências de tão vivaz estado de espírito, afinal, Filó era bagunceira, sapatos e sutiãs não escapavam de sua mordida. Mas nada importava muito, pois a menina estava feliz. Havia encontrado algo a que entregar seu coração. Dormia com Filó na cama, dividiam agora o quarto como se fossem irmãs. A menina ganhou uma luz nova, como se de repente a vida lhe tivesse presenteado com algo só dela, um tipo de sentimento que lhe havia sido entregue assim, gratuitamente, sem que o mundo pedisse nada em troca. Como quando o pai lhe dera, meses atrás, uma moeda de ouro. Merecia tanto? Uma lágrima agridoce escorreu em direção aos seus lábios quando perguntou a Filó: "Eu te mereço mesmo?". A cadela respondeu com uma lambida. A menina abraçou-a e só desfez o abraço quando ouviu a mãe gritar:

"Sarinha, depressa, senão vai se atrasar!"

Sarinha pegou a mochila, calçou desajeitadamente os tênis e beijou Filó. Passou pela mãe fatiando o vento. A caminho da escola, estranhou o burburinho. Uma menina, acompanhada de uma mulher alta, procurava. Procurava o quê? Ficou intrigada e não resistiu à tentação de perguntar:

"Posso ajudar?"

A mulher alta, com suas mãos magras e grandes, respondeu:

"Estamos procurando a nossa cadelinha. Ela fugiu há alguns dias. O nome dela é Bibi. Você mora por aqui? Você a viu? Ela tem o pelo cor de caramelo, os olhos cor de água-marinha."

Uma bala de aço atingiu o peito da menina. Em pânico, respondeu:

"Não vi, não."

Seus olhos fugiram, mas não conseguiram evitar o encontro. Viu, como se visse num espelho, os olhos da outra menina. Dentro daquela menina viu um buraco, um vazio. Dentro daquela menina viu um coração enregelado. Chegou perto da outra menina, tão perto que se viu. Uma lágrima queimou seu rosto. Saiu correndo, mas, a cada passo, parecia que seus pés eram engolidos por areia movediça. Foi para a aula, precisava disfarçar, a mãe estranharia se voltasse para casa tão cedo. Passou a manhã tendo espasmos, contrações. Os pensamentos erguiam morros, montanhas, fazendo a menina sentir que, a qualquer momento, o mundo cairia sobre si. E se lhe descobrissem? Roubar o amor era crime? Mas ela não roubou, encontrou. E o amor, uma vez encontrado, é de quem o achou. E se alguém na vizinhança encontrasse aquela mulher alta e sua menina? E se as levassem até Filó? Eram muitas testemunhas para ela controlar. Não conseguiu escrever uma linha durante a aula de português, nem sequer resolver uma continha na aula de matemática. Só pensava em voltar para casa, ficar com Filó, abraçar Filó. Não aguentou tanta angústia e vomitou. Vomitou uma massa branca bem no meio da sala. A mãe foi buscá-la. Coisas de criança, a professora explicou, alguma coisa muito pesada deve ter-lhe feito mal. Quando chegou em casa, quis contar tudo para a mãe, mas teve medo: *e se ela quisesse devolver Filó? Será que a mãe aceitaria ser cúmplice de um crime de amor?* Preferiu ficar quieta, decidiu que jamais contaria sobre aquela triste menina procurando por sua cadelinha na rua. Guardaria para sempre, debaixo da cama, os olhos daquela menina, olhos dos quais o mundo roubara a luz como uma mão que extirpa um órgão. Não, não contaria a ninguém, jamais. Foi buscar Filó, que brincava no quintal com os passarinhos. Abraçou a cadela. As duas se arrulharam feito duas pombinhas. No peito da menina, o amor feria como as bicadas de um corvo faminto que tenta alcançar a veia mais frágil. Foi então que ouviu alguém na porta, compreendeu poucas palavras, apenas a voz da mãe dizendo: "Desculpe, talvez vocês devessem procurar em outro lugar", e o barulho seco da porta se fechando. A menina andou até a sala, esbarrou com a mãe. As duas se olharam e tentaram disfarçar, apertando na garganta o gélido tremor quando, cheia de vida, a cadela latiu no fundo da casa.

O pai é um avião?

SEU CORAÇÃO ERA SIMPLES COMO UM PÁSSARO. SEU DESTI-no, você sempre soube, era apenas um: voar. Eu ficava fascinada quando você voltava para casa contando sobre seus voos. Você me dava os detalhes, os países pelos quais havia passado, as pessoas que havia conhecido. "Elas são tão diferentes da gente, mas tão parecidas", você dizia e me suspendia no ar, eu abrindo os braços imitando um pequeno avião de seis anos enquanto você me fazia planar no céu sem brumas do nosso amor. Eu dava gritos, você fazia barulhos, grunhidos de um motor que, eu podia ouvir, estava guardado dentro do seu coração. Lá de cima, erguida e segura por suas mãos, eu via o topo da sua cabeça, seus cabelos castanhos, o cheiro de canela exalando deles. O topo da sua cabeça era um morro onde eu sabia que poderia sempre pousar. Você então me descia, os braços não muito musculosos, como bambus, já cansados. Pedia uma pausa, saía para abraçar minha mãe, a mulher que você amava, disso ninguém jamais poderia duvidar, dava para ver pelo modo como você a beijava no pescoço, como você a convidava para dançar. Eu adorava ver vocês juntos, gostava de ter uma mãe e um pai, pedia aos anjos todas as noites para sempre ter vocês, nunca poderia abrir mão de nenhum dos dois. Mas eu era possessiva também, queria você para mim, queria que você me contasse mais, eu era ávida: "Teve turbulência, pai? Muitos raios e trovões no céu?". Você dava risada, os vincos que se antecipavam em seu rosto ainda jovem já me mostravam os tantos caminhos pelos quais você passava. Quando você estava assim alegre, sem uma gota de álcool embaçando seus olhos, sem uma gota de álcool turvando a vida entre nós, você se doava inteiro, você se deixava amar e me contava que lá de cima o céu era cor de rosa.

"Mas puxa, pai! Assim rosinha como as flores da vovó?"

"Ainda mais, muito mais. Um rosa mágico, filha, um rosa divino, lá de cima o mundo é um céu cor de rosa sobre nuvens macias."

Você descrevia e eu já desenhava no papel branco dos meus sonhos uma luz diáfana, de um rosa tão terno capaz de me fazer chorar.

"Me fala mais da luz, pai, me mostra essa luz."

Você dava risada:

"Lá de cima a gente vê a feitura do arco-íris."

"Não faz isso, pai, não torture assim meu coração! Sério?"

"Sério."

Você ria, ria demais, e acendia seu cigarro, colocava as mãos debaixo da cabeça, seus olhos verde-amarelados refletindo o dia, os pássaros, o céu. Era você inteiro um ponto, um foco de luz.

No dia seguinte você saía para voar mais uma vez. Eu esperava ansiosa, o peito palpitando dentro do relógio na parede da sala. Bastava ouvir o barulho e saía correndo, lá estava você, fatiando a manhã com suas asas de prata. Um animal gigantesco, mas levíssimo, uma luz rosada fazendo seu corpo de metal fibrilar no ar. Eu apontava para o céu e o perseguia até que desaparecesse, junto com as nuvens, no horizonte. Passava dias sonhando com sua volta. Às vezes, a mãe mentia e dizia: "Dessa vez, não, filha, o pai está muito cansado". Eu ia espiar, pelas frestas da porta, via seu corpo grande caído sobre a cama. Quando voltava assim, levava um tempo para se recompor, o cheiro de álcool tomava conta da casa, empapuçava as paredes, me anestesiava e tudo perdia a graça, meu céu ficava cinza, clima impossível para voo. Mas eu não desistia de você: "Levanta, pai, assim você perde a hora do próximo voo".

Você então se esforçava, pegava o seu boné de aviador e me prometia dar piruetas no céu só para eu ver. Fazia isso sempre para você não desistir. Até mesmo quando descobri tudo, quando, já maior, percebi que piloto de avião não usa boné velho e que piloto de avião usa uniforme e que piloto de avião precisa estudar para isso e que piloto de avião não pode ser piloto de avião e passar os dias bebendo no boteco da dona Marlu. E mais: que piloto de avião tem salário e precisa saber mesmo pilotar um avião. E que piloto de avião não é a mesma coisa de homem bêbado que tem passarinhos na gaiola e está desempregado há meses. Ouvi a mãe gritando, única vez que ela gritou, e foi turbulenta a briga de vocês, ela falando em separação, foi assustador, a palavra trovejou no meu peito, pai. Então entendi tudo. Quando descobri, peguei a descoberta e, como uma folha de papel, dobrei-a em formato de aviãozinho e atirei o aviãozinho bem longe, até ele pousar silencioso na lata de lixo. "Vamos, pai, levanta, está na hora de voar." Você, tentando religar o motor já batido, levantava, abria os braços se espreguiçando e bocejando. O palor do álcool recendia como se saísse de uma tumba, mas eu não desistia, eu nunca desisti de você, pai. Eu soprava, eu soprava com todo ar, com a vida dentro de mim eu soprava para você flutuar, para que, como um fogo, a vida, em espírito, acendesse em você. Você levantou, tomou banho, colocou seu boné. Saiu para voar, disse que dessa vez traria um presente. Você saiu, pai, cruzou a porta, uma luz rosada tinturava o céu. Você saiu sem saber que, fingindo sonhar para mim, era eu quem fingia sonhar para você. Foram anos assim, e eu nunca me arrependi por também mentir. Juntos, sustentamos até o fim esse voo. Confesso, meu coração arremeteu quando, do outro lado do vidro, naquela cama pálida e fria, você se foi. Mas é impossível esquecer a mansidão do teu corpo repousado depois, as mãos em ângelus sobre o peito, a barba feita, os olhos cerrados, mas abertos do outro lado, como um menino brincando com passarinhos em outro mundo. É impossível, pai, esquecer a tampa sendo fechada e você, sem quebrantar-se, planando tranquilo, indo aterrissar em algum lugar.

Como se um rosto

A MÃE NUNCA TELEFONA PARA PEDIR UM FAVOR. NÃO quer incomodar, está sempre preocupada em garantir meu lugar de filha e o dela de mãe. Ela é assim. Cresci sob as asas de seus cuidados, sob a barra de seu amor cujos frutos colho até hoje. Ela sempre disse: "Quem cuida sou eu, você se deixa cuidar porque mãe é para isso". Meu pai questionava o excesso de mimos, permissões. Mas ela não dava menos, do seu jeito me ensinou, me educou para o mundo dos afetos, esse terreno ainda tão árido e difícil de cultivar. Quando me pegava no colo, eu sentia uma flor se abrir dentro de mim, queria aquele colo para sempre a me proteger e saciar. Ela foi o grande primeiro amor da minha vida, lugar que Verônica ocupou depois. Por isso, quando me liga, volto a sentir aquela menina dentro de mim. Chamou-me para um café. Estranhei, pois ela sabe que são quase três horas daqui até lá, e toda vez que digo "vou aí dar um beijinho em você, tomar um café", ela faz logo um muxoxo do outro lado da linha, "não vem, não, deixa que mando uns potes de doce pra você". Respeito porque, desde que a vó morreu, ela prefere ficar sozinha. Dessa vez, foi diferente. Ela pediu. Pediu como nunca: "Vem me ver, Sarinha".

Quando cheguei lá, a casa abriu os braços e um cheiro de biscoitos amanteigados me recebeu. Ela veio saracoteando até mim e me encheu de beijos. Evolava-se um aroma adocicado, o mesmo perfume de sempre. Estalou em mim muitos beijos, me deixando zonza com tanto amor. A casa estava igual, como se o tempo a tivesse protegido dos dentes do mundo. As samambaias penduradas na entrada, as cortinas, o piso de taco envernizado, as almofadas, o lustre em forma de tulipas, as dezenas de bibelôs. Ela os coleciona desde sempre, a casa é cheia deles, bibelôs de todos os tipos e tamanhos espalhados por todos os lados como uma multidão de mini-humanos petrificados. Um pouco sinistro o jeito como os bibelôs parecem observar tudo na casa; com seus olhinhos pretos que vigiam tudo e parecem saber todos os segredos da nossa família, afinal, estiveram sempre ali. Deitei no sofá como se a casa fosse ainda minha, como se eu tivesse voltado de mais um torneio escolar, ou como se tivesse voltado apressada de bicicleta e me atirado ali, toda suada e fedida, para assistir a um desenho animado e, regalada como uma pequena rainha, bastava um grito de socorro: "Ô mããããe, faz uma merenda pra mim". Molhei os objetos só de olhá-los, só de evocar as lembranças, pensar na menina que fui naquela casa, na minha cadela Filó bagunçando tudo, deixando as patas de sua incessável alegria pelos cantos. Daqui ainda ouço o eco de seus latidos, sua presença candente. Como era bom! Como era fácil viver. O estojo sobre a mesinha da sala, os lápis coloridos espalhados, os cadernos e livros forrados com plástico de bolinhas coloridas, "Ô mãããe, cê viu meu lápis azul?", "Perdeu outra vez? Já disse para arrumar suas coisas da escola, já lhe comprei duas caixas de lápis esse mês". Eu, esparramada vendo desenho, lambendo o pote de danoninho, adiando as tarefas de matemática e geografia, era mesmo uma pequena rainha. O sofá, a televisão, os bibelôs sobre a mesinha junto com minha bagunça eram meus domínios, o território do meu reinado. Eu tinha intimidade com tudo ali, com cada pedacinho, cada rachadura nas paredes, cada risco no piso, cada lasca de xícara. Era minha casa. Lugar onde meu coração crescia e palpitava, aquele era o meu ninho.

Cortando o cordão da minha saudade com sua faca de serra, ela gritou "quer uma fatia de bolo?", e já trazia o bolo fatiado num pratinho. Sentadas à mesa, começamos a comer e desfiar várias conversas, bem do jeito dela, que adora emendar uma conversa na outra, vai juntando como faz com suas colchas de retalho. Enquanto ela fala, percebo a mão dos anos suave sobre seu rosto. Reparo nas duas bolsinhas que pendem de seus olhos, no sinal próximo à pálpebra direita, nos pontinhos que tem na bochecha. Quando criança, deitadas na cama, eu contava aqueles pontinhos como se fossem estrelas. Ela fala, eu observo. Continua bonita. "Lurdes casou, mas o marido fugiu. Madalena pegou barriga, estou ajudando com o enxoval. Ontem queimaram três lâmpadas, pedi pro menino vir trocar tudo, a casa toda agora tem lâmpadas novas, lâmpadas de LED que estão na moda. Ah, costurei uma colcha pra você, vai dar tempo de você levar." Peguei esse último retalho, enfiei nele uma linha, puxei o fio e, no tecido colorido, Inaê apareceu. Onde será que ela está? Partilhamos juntas o coração da nossa infância, mas há anos a gente se perdeu. Lembro-me do vazio em seus olhos quando sua mãe morreu, levando dentro dela o anjinho Miguel. "Olha só! Faz tempo que lhe faço encomendas", falei tentando desmanchar as brumas da lembrança, tentando fazer o rosto triste de Inaê desvanecer-se de mim. A mãe não gosta de costurar para outras pessoas, diz que seu dom só usa comigo e com minhas primas. "Por falar nelas, alguma das duas veio este mês?" Ela não gosta de reclamar, sempre disse que a pior coisa é se lamentar. Disfarçou, não quis me contar, mas acabou falando. Rute, Ester e eu revezamos nas idas ao médico com ela. Ela não gosta de ir sozinha e é a única coisa sobre a qual abre exceção e aceita nossa ajuda. Era a vez de Ester, mas com tantos pacientes, o consultório lotado... não dava para gastar três horas de ida, mais três de volta, fora umas duas horas até a mãe ser atendida.

Praticamente um dia, dessa vez Ester não podia, nem Rute. Ela não quis me ligar.

"Você estava tão ocupada com o seu evento, não quis atrapalhar", disse.

Enquanto eu limpava a boca — já era a terceira fatia de bolo que eu comia — ela servia o café. "Você sabe que pode me ligar, eu dou um jeito."

Ela sorriu.

"Mas foi tudo bem."

"Mesmo assim, sei como você tem pavor de ir ao médico sozinha."

Ela se acomodou na cadeira, colocou os cotovelos sobre a mesa, pegou um guardanapo e começou a alisar uma prega, passando os dedos de uma ponta à outra do guardanapo.

"E como foi, está tudo bem?"

Ela deu de ombros.

"O mesmo de sempre, pressão controlada, diabetes também, batimentos cardíacos regularizados..."

"Muito bem. E quanto ao resto?" Ela sabia ao que eu estava me referindo, mas sempre enrola demais para me contar.

"Ah, fiz tudo, *né?* O doutor falou que não preciso ficar tão desconfortável, que posso relaxar, que o exame é simples e rápido."

"A senhora já sabe que é, depois de tantos anos... Precisa esquecer as bobagens que o pai lhe falava."

"Sim, eu sei, mas quase não abri pro médico ver. Ele foi muito paciencioso, ficou falando dona Inês, dona Inês, a senhora é uma mulher do século 21."

"E é mesmo! A senhora precisa se cuidar, dar uma checada lá, ver se ela tá bonitinha, pronta para usar."

Gargalhamos juntas porque temos momentos assim em que uma brincadeira boba vira o laço mais forte entre nós. O fim da tarde já cochilava sobre a mesa e nós ali, dando risada. Pela varanda, uma luz magrinha tocava com delicadeza os objetos. Um bule, duas xícaras, um jarro com buganvílias. As mãos dela como duas grossas raízes tateando tudo. Levantou sem dizer nada, foi até o quarto, voltou com a colcha de retalhos nas mãos. "Fiz para você." A colcha escorria por seus braços e tocava o chão como uma água colorida. Havia retalhos de todos os tipos e cores, retalhos que minha memória apalpava fazendo acordar lembranças, dias, instantes luminosos da minha infância. Pedacinhos do meu aniversário de dez anos, o vestidinho estampado de barquinhos que o pai me dera e que usei em sua homenagem naquele dia; o macaquito jeans que usei no batizado da minha prima, naquele famigerado dia em que flagramos os meninos batendo punheta no fundo da igreja e saímos gritando pela pracinha, o pedaço da blusa que eu usava no dia em que encontrei Filó, nossa amada cadelinha. Aquela cadela salvou nossos dias, com seu amor incondicional, foi pedagógica, nos educou para o afeto mais puro. Jamais a esquecemos.

Naquela colcha imensa eu percorria um caminho de volta para mim. Tateava os retalhos acendendo a luz dos meus olhos de menina. Atravessava os recônditos clareando cada sombra, tudo brilhava. Retalhos da minha beca de formatura do ABC, retalhos do meu uniforme da escola, retalhos da fronha do meu travesseiro sem o qual, durante anos, eu não conseguia dormir. Aquela colcha, como uma enorme corredeira d'água, se derramava por meus braços, a mãe dividindo comigo o peso daquela correnteza, me mostrando com a ponta de seu dedo detalhes, miudezas esquecidas, peixes que saltavam de repente, puro susto de mim. "Lembra dessa camisola? Você usou até o fim", ela disse, apontando a estampa de estrelinhas no retalho. "E essa aqui, lembra dessa bermuda? Você fez xixi nela umas mil vezes, não sei como consegui desencardir", ela apontava um retalho cheio de bolinhas vermelhas pintalgadas sobre um fundo amarelado.

Foi difícil me despedir, eu quis encolher, pedir colo para ela outra vez, ficar no sofá vendo desenho animado, Filó enrodilhada aos meus pés, minhas coisas espalhadas e perdidas pela casa, a bicicleta cansada deitada na calçada, meu reino de menina. Mas precisava voltar, tinha uma palestra e uma consultoria importantíssimas na faculdade no dia seguinte, os alunos me aguardavam. Ela riu do meu jeito de aumentar a importância das coisas dizendo "importantíssimas", e repetiu tentando imitar minha voz e esticando a corda do tempo dentro da palavra que me fazia ir embora outra vez, sempre outra vez. Da porta, ela segurava uma ponta daquela corda, a outra eu levava comigo. Atravessei as três horas de volta, a colcha de retalhos dobrada no banco de trás querendo escorrer, inundar o carro.

Às vezes, olhava pelo retrovisor e era como se um rosto me olhasse de volta. Era o rosto de uma menina sorrindo para mim, seus olhos esbugalhados parecendo querer digerir o mundo. Ela sacolejava no banco de trás, as pernas joelhudas balançando leves, os pés dentro de alpercatas rosa-choque, segurava um lápis azul numa mão, um caderno na outra. Olhava sorrindo para mim enquanto eu dirigia tranquila nos levando de volta para casa.

Irmãs

QUANDO LEVARAM O TIO, VOCÊ FICOU APAVORADA, EU sei. Você o amava, o tio era, para você, um pai. Para nós duas. O tio era doce, tinha os olhos aquosos, dois moluscos sempre úmidos, lacrimosos, pretos. Era gentil, nos dava moeda, nos levava para brincar no parquinho. Eu sei, você amava o tio, todo mundo o amava. Eu, mais nova, ainda brincava com o amor como se ele fosse uma bola de assopro; no entanto, já sabia como poderia machucar você se aquele amor papocasse bem no centro da nossa vida. Eu quis te contar, mas só gritando aquilo tudo sairia de mim e eu era menina demais, você entende, afinal, você era só uma menina também.

Tudo começou na rinha de galos. Você lembra como o tio amava competir, colocar os galos para brigar? Eu ali junto dele, nós duas sempre perto dele, querendo estar com ele, amando aquele tio. Você me empurrou, queria ver de perto a rinha, achava lindos os olhinhos dos galos, as penas, as cristas vermelhas, você achava o galo um animal mágico, lembra? Por isso me empurrou, queria vê-los de perto. O tio então me acolheu, me colocou mais pertinho dele. "Viu como sou especial?" Você me odiou, ficou de bico comigo o resto do dia. Às vezes basta uma palavra para partir o carinho entre duas pessoas. Mas nos amávamos e decidimos não competir pelo tio, seríamos cúmplices naquele amor. Você era dele e eu também, e assim desfrutávamos daquele homem que, com tanta doçura, iluminava nossos dias. Quando o levaram, só você não entendeu. Ficou perdida, sozinha naquele quartinho escuro e vazio. A bola de assopro estourou bem em suas mãos e você correu, correu até o abismo de si e, lá, me encontrou. Eu sei que deveria ter falado com você, dito alguma coisa. Mas meu coração era pequenino, fácil de eu perder, não podia arriscá-lo dividindo uma parte tão frágil com você.

A teia do destino às vezes é perfeitamente urdida, mas impalpável à nossa compreensão. De todos, você foi a última a saber, a entender por que levaram o tio. Você gritava, esperneava, queria salvá-lo, ir com ele. No colo de nossa mãe, ferida, eu me protegia e me escondia de você. Você me protegeria se eu tivesse contado? Por isso, decidi agir sozinha. Eu era viciada em escrever cartinhas, lembra? Decidi abrir sem dó a carne daquele silêncio, arrancar aquilo como arrancava as verrugas que pipocavam nos meus joelhos. Remeti cartinhas a vários destinatários, a palavra foi meu modo de me salvar, o modo de eu pular na direção contrária ao colo cheio de dentes do tio. Escrevi para nossa avó, para nossas tias, para nossos vizinhos. Perdi as contas de quantas cartinhas escrevi. Escrevi com minúcia, descrevendo com requinte as coisas que aconteciam. Recuperando as palavras na memória, sou incapaz de reproduzi-las aqui, tão meladas de sangue e medo elas saíram de mim. Deixei as cartinhas, uma a uma, debaixo das portas, nas caixinhas de correio, debaixo do travesseiro de nossa mãe. Mas ninguém leu. Fiquei muito frustrada, como podia ninguém ter lido? Aguardei durante dias, semanas, mas nenhum sinal. Ficava na porta de tocaia aguardando o carteiro, um pombo-correio, um anjo, um passarinho que trouxesse no bico alguma resposta. Abri todos os envelopes, mas de dentro deles nem uma palavrinha endereçada a mim.

Eu já pensava em desistir, porque, acredite, até para Deus escrevi. Mas, olha, se existe uma pessoa quieta, calada, quase muda, essa pessoa é Ele. De tudo sabe, tudo vê, mas finge que não. Por isso, rompi relações, decidi jamais deixá-lo visitar meu coração novamente. Eu iria resolver aquilo sozinha, estava decidida a quebrar a corda daquele silêncio, pois tinha medo daquela corda se esticar e enlaçar mais uma de nós depois. Comecei então a deixar pistas, a dar sinais. Lembra do cachorro do tio, aquele pastor-alemão? Lembra como eu morria de medo daquele animal? Uma vez, o tio me levou para o quintal, queria me mostrar uma coisa importante. Eu andava com as pernas bambas, os olhos fugindo de encontrar o animal preso por uma coleira grossa cheia de espinhos. O tio dizia: "Não olha pra ele, não olha nos olhos dele, Deolinda, senão ele mata você", e o animal latia, a baba grossa entre as presas. "Faz tudinho como o tio mandar, mas fecha os olhos, não deixe o animal te olhar, fica assim de olhinhos fechados." Uma vez, juro pra você, fiz cocô nas calças de tanto medo. Mas aquela seria a última vez, prometi para mim mesma. Senti-me humilhada demais, toda cagada tive de mentir pra nossa mãe, dizer que não me aguentei, comi demais. Decidi que, da próxima vez que o tio me levasse naquele quintal, eu mataria aquele cachorro. E matei. Roubei o frasco de bolinhas pretas que a nossa vó usava para matar ratos. Perguntei pro tio, a mão cheia de pão: "Posso dar pra ele, tio?". O tio deixou, desde que eu fosse bem boazinha depois. A troca valeu, pois o maldito do cachorro morreu logo depois, estrebuchou, espumou e acabou feito um gatinho inofensivo, as presas expostas, o peito inchado. O tio ficou furioso, ele não era burro, sentiu o cheiro do crime em mim. Mas não disse nada a ninguém, era mais um segredo entre nós. Livrei-me do cachorro, agora precisava me livrar do tio. Se eu contasse pra você, você me ajudaria? Tive medo, medo de tirar de você aquele amor, ainda que, em mim, aquele amor fosse uma coleira grossa cheia de espinhos. Decidi entregar as vísceras naquela missão. E, como o coração é uma víscera, entreguei-o também. Fiquei vazia um tempo, é verdade, um buraco mostrando a todo mundo o que o tio tirou de mim. Você não teria coragem de ver, e eu sabia que mataria seu coração se tivesse visto. Então deixei só nossa mãe e nossa avó nos flagrar. Usei a mim mesma como isca e não me arrependo porque às vezes é preciso um choque para fazer alguma coisa acordar. Jamais vou esquecer o terror comendo os olhos das duas. A cena era mesmo como num filme de terror: o tio, eu, o amor sendo violentado bem diante da nossa mãe e da nossa avó. Sabe, não sei como aguentei. Na verdade, sei, lembro com detalhes daquele dia. Eu estava de mal com Deus, mas às vezes a gente briga e fala as coisas só da boca pra fora, então falei pra Ele, cruzei as mãos e falei que O perdoaria, mas precisava da ajuda Dele dessa vez, ai Dele se falhasse comigo. Não falhou. Não sei se era anjo ou passarinho aquilo, mas, enquanto o tio arrancava pedaços de mim, a forma miúda, delicada, da cor de um pequenino sol, pousou diante de mim. Era um canário, percebi depois, entrando pela fresta daquele pequenino sonho, que apareceu só para eu resistir. Depois, quando a vó e a mãe entraram, o canário voou, ouvi ele estourar no ar. O resto você lembra. Agarraram o tio, levaram o tio. Você tentou salvá-lo, queria ir com ele, ficar com ele. Ficava gritando que o tio tinha coração, que até um bicho tem coração. Você era tão menina, eu menor que você. Naquele dia, senti alívio e remorso, achava que havia tirado o tio de você. Hoje, tantos anos depois, quando li sua carta, as palavras desfraldadas sobre o papel sopraram em mim uma ressurreição. Quando você rompeu o silêncio e contou as coisas que o tio também fazia com você, a linha do destino, enfim, encontrou a outra ponta do fio.

Agradecimentos

Às mulheres e meninas que vieram e sussurraram suas histórias nas páginas deste livro, quebrando a casca de silêncios ancestrais.

Às mulheres da minha vida, que tecem comigo cada pedaço do meu ser.

À Grande Mãe, força feminina de tudo que vive.

Este livro foi impresso pela Lisgráfica, em 2024, para a
HarperCollins Brasil. O papel do miolo é pólen bold 90 g/m^2,
e o da capa é cartão 250g/m^2.